CONTES MORAUX

DE

Mᵐᴱ DE GENLIS

ILLUSTRÉS DE 40 GRAVURES

PAR FOULQUIER

Delphine
Le Chaudronnier
Églantine — Eugénie et Léonce
Paméla
Michel et Jacqueline
Reconnaissance et probité
Zuma

PARIS

LIBRAIRIE DE L. HACHETTE ET Cⁱᵉ

RUE PIERRE-SARRAZIN, Nº 14

PRIX : 2 FRANCS

CONTES MORAUX

PARIS. — IMPRIMERIE DE CH. LAHURE ET Cie

Rues de Fleurus, 9, et de l'Ouest, 21

CONTES MORAUX

DE

Mᵐᵉ DE GENLIS

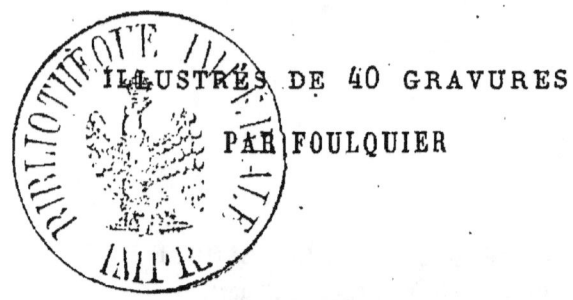

Delphine
Le Chaudronnier
Églantine — Eugénie et Léonce
Paméla
Michel et Jacqueline
Reconnaissance et probité
Zuma

PARIS

LIBRAIRIE DE L. HACHETTE ET Cⁱᵉ

RUE PIERRE-SARRAZIN, Nº 14

—

1861

Droit de traduction réservé

8832

AVERTISSEMENT.

Mlle de Saint-Aubin, mariée à quinze ans au comte Bruslart de Genlis, qui fut depuis marquis de Sillery, était née à Autun en 1746, d'une famille noble, mais pauvre. Elle reçut une brillante éducation, grâce à la générosité de La Popelinière, un des plus riches financiers du dix-huitième siècle. On a prétendu qu'elle avait dû cette protection à ses talents précoces comme musicienne. Après son mariage, elle se trouva naturellement appelée à la petite cour du duc d'Orléans, qui avait épousé en secret Mme de Montesson, tante de Mme de Genlis. Nommée d'abord dame d'honneur de la jeune duchesse de Chartres, belle-fille du duc d'Orléans, elle fit de si rapides progrès dans la faveur de cette princesse, qu'elle obtint d'être chargée de l'éducation de ses enfants.

Mme de Genlis était faite pour plaire. Elle avait toutes les grâces et tous les talents d'une femme du monde, et en même temps un esprit fort cultivé, et plein d'une ambition toute virile. Elle commença de bonne heure à écrire, et ses ouvrages offrent un singulier mélange de savoir et d'ignorance, de réflexions justes et d'absurdités, de grâce et de pédantisme. De telles disparates devaient la faire railler par les uns, admirer par les autres; et comme, d'un autre côté, sa conduite était assez légère, elle eut le malheur d'obtenir moins de considération que de célébrité. Cependant lorsque les fils du duc de Chartres eurent atteint l'âge où les jeunes princes avaient coutume de passer entre les mains des hommes, Mme de Genlis demeura chargée de diriger leur éducation, et s'en acquitta avec le plus grand zèle, et une habileté sans égale. Parmi ces enfants du duc de Chartres était le jeune prince qui fut depuis le roi Louis-Philippe.

Presque tous les ouvrages de Mme de Genlis ont été composés pour ses élèves. Les plus célèbres sont *les Veillées du château*, *Adèle et Théodore* et le *Théâtre d'éducation à l'usage des jeunes personnes*. Les *Annales de la vertu*, sorte d'histoire universelle dans laquelle l'auteur ne donne de développement qu'au récit des actions vertueuses, et glisse rapidement sur tout le reste, sont une compilation sans intérêt. En 1787, Mme de Genlis entreprit de tenir tête à l'*Encyclopédie* dans un ouvrage intitulé : *La religion considérée comme l'unique base du bonheur et de la véritable philosophie*. C'était un gros volume in-8, où la femme du monde, transformée en théologien, tomba dans plus d'une hérésie, et parut plus d'une fois comprendre assez mal, et les doctrines qu'elle attaquait, et celle qu'elle voulait défendre. On s'égaya beaucoup dans le camp philosophique des prétentions du *gouverneur* du duc de Chartres à devenir *mère de l'Église*, et,

depuis ce moment, on ne la jugea plus qu'avec
mauvaise foi et partialité. Elle parut abandonner
elle-même ses prétentions théologiques pour se
livrer aux préoccupations politiques qui commençaient à agiter tous les esprits, et nous la voyons
publier, en 1792, un plan pour l'éducation du
dauphin, dans lequel elle aspire évidemment à se
transformer en homme d'État. Il est intitulé : *Discours sur l'éducation de M. le dauphin et sur l'adoption*, par Mme Bruslart, ci-devant comtesse de
Genlis, ci-devant marquise de Sillery. Son plan ne
fut pas goûté, et ne méritait pas qu'on le remar-
quât. Quelque temps après, la ci-devant marquise
de Sillery dut s'exiler, malgré sa conversion in-
complète aux idées révolutionnaires. Retirée à
Londres, elle y publia divers ouvrages, et entre
autres *les Petits émigrés*, qui eurent beaucoup de
succès. Elle rentra en France sous le consulat, et
obtint une pension qui lui fut continuée jusqu'à la
Restauration. Les romans philosophiques qu'elle
fit paraître à cette époque n'offrent que peu d'intérêt. On y retrouve tous ses défauts, sans aucune
des qualités qui firent la vogue de ses premiers
ouvrages. Après la chute de l'Empire, elle vécut
obscurément d'une pension que lui faisait la fa-

mille d'Orléans, s'occupant dans sa retraite de la
rédaction de ses *Mémoires*, qui parurent, sans trop
de succès, en 1825. Elle mourut en 1830, dans une
extrême vieillesse.

On lit dans la *Correspondance* de Grimm une
anecdote qui achèvera de montrer toute la bizarrerie de Mme de Genlis. Grimm s'exprime ainsi sous
la date de mai 1785. « On parle beaucoup dans ce
moment de deux jeunes personnes, nommées l'une
Paméla et l'autre *Ermine*, qui, après avoir été éle-
vées par Mme de Genlis comme deux orphelines
anglaises, se trouvent être aujourd'hui les filles de
cette dame; son mari vient de les reconnaître, et
Mme de Montesson se charge de les doter comme
elle a doté leurs sœurs aînées. C'est un essai, dit-
on, que Mme de Genlis a voulu faire sur la différence que pourrait laisser l'éducation entre un
enfant qui aurait toujours connu son origine, et
celui qui l'aurait ignorée jusqu'au moment où sa
sensibilité se trouverait entièrement développée ;
elle a voulu éprouver aussi ce que pourrait produire sur une âme bien née le sentiment du plus
grand des bienfaits; on assure que l'expérience a
réussi au delà de toute espérance, ces deux enfants

s'annonçant par les dispositions les plus heureuses
et un caractère vraiment céleste.... »

Puisque nous venons de citer Grimm, nous lui
emprunterons aussi quelques mots sur *les Veillées
du château*, dont nous avons tiré les historiettes
qu'on va lire. « On trouve, dit-il, dans l'histoire
du *Chaudronnier ou la reconnaissance réciproque*, des
traits d'une sensibilité vraiment héroïque, quoique un peu romanesque ; dans celle des *Solitaires
de Normandie*, un tableau d'autant plus touchant,
qu'il n'est que le simple et fidèle récit de la belle
action d'une princesse[1], que sa bonté a rendue
l'amour de tous les cœurs sensibles ; dans *Paméla
ou l'heureuse adoption*, le caractère de l'ingénuité
la plus aimable et quelques scènes infiniment
attendrissantes ; dans *Delphine* et dans *l'Indolente
corrigée*, des exemples et des leçons utiles à la jeunesse. »

Est-il nécessaire d'ajouter que nous ne nous
sommes fait aucun scrupule de supprimer les lon-
gueurs, et en général tout ce qui nous a paru d'un

1. Mme la duchesse de Chartres, mère du roi Louis-Philippe.

intérêt médiocre ou d'une vérité contestable? Tel que nous le publions, ce petit recueil offre aux enfants une excellente morale et une lecture très-attachante; et nous pensons que, parmi les lecteurs dont l'esprit est plus formé, il y en a peu qui puissent lire sans plaisir et sans émotion la jolie nouvelle *des Solitaires de Normandie.*

DELPHINE

OU L'HEUREUSE GUÉRISON

DELPHINE

OU L'HEUREUSE GUÉRISON.

Delphine, fille unique et riche héritière, avait
une jolie figure, de l'esprit et un bon cœur. Mme Mélite, sa mère, qui était veuve, avait trop de faiblesse et de légèreté pour être être en état de donner une bonne éducation à sa fille, qu'elle chérissait. Cependant à neuf ans Delphine avait déjà
plusieurs maîtres ; mais elle n'apprenait rien, et
ne montrait du goût que pour la danse. Elle prenait toutes ses autres leçons avec une extrême indolence, et souvent les abrégeait de moitié, en se
plaignant qu'elle était fatiguée ou qu'elle avait la
migraine. « Je ne veux point qu'on la contrarie,

répétait sans cesse Mme Mélite ; elle est d'une constitution délicate, trop d'application nuirait à sa
santé. D'ailleurs, ajoutait Mme Mélite avec orgueil,
il est à croire que, même sans une grande supériorité de talents, elle pourra faire un bon
mariage.... Ainsi il me paraît inutile de la tour-
menter. »

Aussi Delphine, caressée, flattée, gâtée, était-elle
la plus malheureuse enfant de Paris. Chaque jour
on voyait sa bonté naturelle s'altérer, son caractère s'aigrir. Elle devenait capricieuse, vaine, in-
docile ; elle ne pouvait supporter la moindre con-
trariété. Bientôt elle ne se contenta pas de se
soustraire à l'obéissance, elle voulut commander ;
elle donnait des ordres dans la maison, traitait les
domestiques avec hauteur, souvent les faisait
gronder ; quelquefois pourtant elle se plaisait à
s'entretenir avec eux : tour à tour dédaigneuse et
familière, confondant l'arrogance avec l'élévation,
la bassesse avec l'indulgence et la bonté ; blasée
sur la flatterie, et ne pouvant s'en passer ; pleine
de fantaisies, et n'ayant pas un seul goût véritable ; fatiguée de ses poupées, de ses joujoux, en
même temps envieuse de tout ce que les autres
possédaient.... N'ayant aucun empire sur elle-
même, elle se mettait en colère pour le plus léger
sujet, et boudait sans raison. L'instant d'après elle

s'affligeait d'avoir été injuste ou faible; elle pleurait, elle sentait ses torts, et n'avait pas la force de
se corriger. Pour surcroît de peines, elle ne jouissait pas d'une bonne santé. Comme elle était
gourmande, elle se nourrissait, non de bons ali-
ments, mais de confitures, de biscuits et de bonbons, et elle avait continuellement mal à l'esto-
mac. Sa mère, il est vrai, voulait qu'elle fût
excessivement gênée dans son corset. Delphine
elle-même était charmée de s'entendre citer comme
la jeune personne de son âge la plus mince et la
mieux faite; cette ridicule vanité lui faisait supporter sans murmurer le supplice d'être serrée au
point de ne pouvoir respirer : et pourtant elle était
délicate à l'excès; elle ne se promenait que très-
rarement à pied, et jamais en hiver; elle craignait
le vent, le froid, le soleil, la poussière. Enfin, pour
ne vous cacher aucune de ses faiblesses, elle avait
peur en voiture, et se trouvait mal dès qu'elle
voyait une araignée ou une souris.

Cependant, loin de se fortifier avec l'âge, sa
santé s'affaiblissait chaque jour; et bientôt Mme Mélite en fut assez inquiète pour appeler un médecin;
l'état de Delphine n'avait rien de dangereux, mais
le médecin recommanda de lui procurer beaucoup
d'amusement et de dissipation. Alors Delphine fut
écrasée de joujoux, de présents. On prévenait tous

ses désirs ; on la menait au spectacle ; elle y portait une indolence, un ennui que rien ne pouvait dissiper. Comme on lui passait toutes ses fantaisies, elle en avait régulièrement dix ou douze par jour, plus étranges les unes que les autres. Un soir entre autres qu'il y avait appartement à Versailles, elle voulut avoir Léonard [1] pour coiffer sa poupée. On lui fit à ce sujet quelques représentations. Elle s'emporta, brisa sa poupée, pleura de rage, et eut une attaque de nerfs alarmante. Son caractère se gâtait de plus en plus : elle devenait véritablement odieuse par l'excès de sa violence, de sa mauvaise humeur et de ses caprices ; tout l'irritait ou la désespérait : ce fut alors qu'elle éprouva que l'on souffre plus encore de ses propres défauts qu'on ne peut en faire souffrir les autres.

Enfin la malheureuse Delphine, insupportable à tout le monde, tomba dans une espèce de consomption qui fit craindre pour sa vie. Elle avait alors dix ans. Plusieurs médecins furent consultés ; ils déclarèrent que l'état de Delphine était désespéré.

Mme Mélite, désolée, eut recours à un fameux médecin allemand, le docteur Steinhausse. Il exa-

---

1. Du temps de Mme de Genlis, Léonard était le coiffeur à la mode, et les femmes se l'arrachaient quand il y avait fête à la cour.

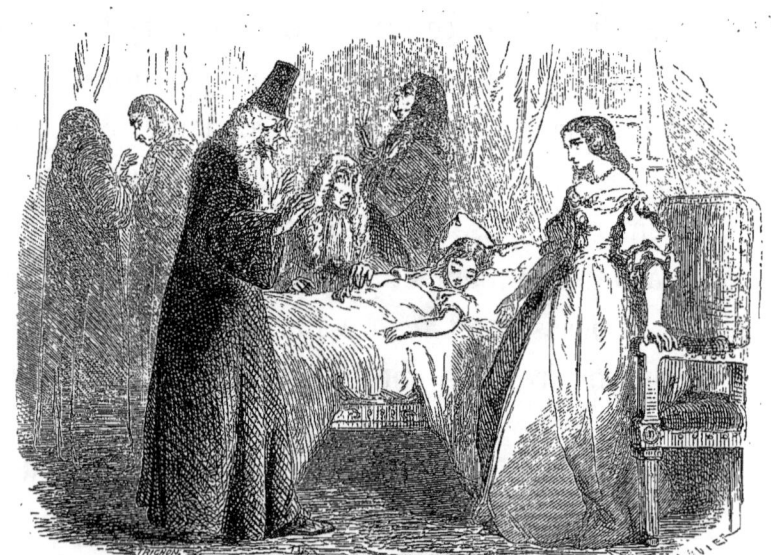

Plusieurs médecins furent consultés. (Page 6.)

mina Delphine avec la plus grande attention, étu-
dia son mal quelque temps, et déclara qu'il répondait de sa vie, si on lui permettait de la conduire
à son gré. Mme Mélite n'hésita pas, et répondit au
docteur qu'elle remettait sa fille entre ses mains.
« Mais, madame, reprit le docteur, il faut que je
l'emmène à ma maison de campagne... — Comment?... Ma fille?... — Oui, madame; sa poitrine
est attaquée, et le premier traitement que je pres-
crirais serait de passer huit mois dans une étable
à vaches. — Mais je puis avoir une étable chez
moi. — Je ne traiterai votre fille qu'à la condition
qu'elle sera dans ma maison et sous la direction de
ma femme.... — Vous permettrez, monsieur, que
sa gouvernante et sa femme de chambre la sui-
vent?... — Je n'y puis consentir; et même, si vous
me confiez votre fille pendant huit mois, il faut
encore vous décider à passer tout ce temps sans la
voir, car je veux être le maître absolu de l'enfant,
la gouverner sans éprouver de contradiction. »

Mme Mélite s'écria que ce sacrifice serait au-
dessus de ses forces; elle accusa le docteur de
cruauté, de bizarrerie; et ce dernier, inébranlable
dans sa résolution, la quitta sans paraître ému de
ses reproches. Cependant la réflexion calma bientôt Mme Mélite ; elle songea que tous les médecins
condamnaient Delphine, et que le docteur allemand

répondait de sa vie. Elle l'envoya chercher de nouveau. Le docteur revint ; Mme Mélite, non sans verser beaucoup de larmes, consentit à remettre sa fille entre ses mains. Il m'est impossible de vous dépeindre la douleur et la colère de Delphine, quand on lui déclara qu'elle allait partir tête à tête avec Mme Steinhausse, la femme du docteur, qui vint exprès pour la conduire à sa maison de campagne.

Dans le premier moment, on n'osa ni annoncer à Delphine qu'elle quittait Paris pour huit mois, ni lui parler de l'étable qu'elle allait habiter ; mais, malgré ces ménagements, elle fit éclater le désespoir le plus violent, et il fallut la porter de force dans la voiture de Mme Steinhausse. Celle-ci la prit dans ses bras, et, l'asseyant sur ses genoux, donna ordre au cocher de partir, ce qu'il exécuta sur-le-champ.

Sa douleur était naturelle ; cependant l'excès en tout est condamnable, et la religion et la raison doivent toujours préserver du désespoir. D'ailleurs, ce qui achevait de rendre Delphine inexcusable, c'était son emportement, et surtout son dédain pour Mme Steinhausse, qu'elle traitait avec le plus grand mépris ; car elle ne daignait pas même lui répondre.

Enfin, sur les six heures du soir, on arriva dans

la vallée de Montmorency, à cinq lieues de Paris,
et l'on entra dans la petite maison du docteur
Steinhausse. Vous figurez-vous, mes enfants, l'indignation de l'impérieuse Delphine, quand on la
conduisit dans l'*appartement* qui lui était destiné?
« Où me menez-vous ? s'écria-t-elle; quoi! dans
une étable ! Fi donc, l'horreur ! quelle odeur insupportable! sortons d'ici. — Mademoiselle, reprit doucement Mme Steinhausse, cette odeur est
très-saine.... surtout pour vous. — Quelle idée !
sortons, vous dis-je.... Conduisez-moi dans la
chambre où je dois coucher. — Vous y êtes, mademoiselle. — Comment, j'y suis !... — Mais oui ;
voilà votre lit, et voici le mien, car je ne vous
quitterai point. — Qui, moi ?... je coucherais ici,
dans une étable ! dans un lit semblable!... — Un
très-bon lit de sangle. — Vous plaisantez, sans
doute. — Non, mademoiselle : je vous dis la vérité,
cette odeur, qui malheureusement vous déplaît,
est très-salutaire dans votre situation ; elle vous
rendra la santé; et c'est pourquoi mon mari a décidé que vous resteriez dans cette étable une grande
partie du temps que vous passerez ici. »

Mme Steinhausse aurait pu parler plus longtemps : Delphine n'était pas en état de l'interrompre. La malheureuse enfant, suffoquée de
colère, se renversa sur son lit sans pouvoir profé-

rer une parole. Mme Steinhausse s'aperçut, à la rougeur de son visage et au gonflement de son cou, qu'elle étouffait. Elle lui ôta son collier, et la délaça ; Delphine commença à respirer, et bientôt

jeta des cris effrayants : Mme Steinhausse montra le plus grand sang-froid, et garda le silence. Mais enfin, au bout d'un quart d'heure, voyant que Delphine ne s'apaisait pas : « Mademoiselle, dit-elle, je me suis chargée de garder une enfant malade, mais non pas une folle : ainsi, bonsoir; je reviendrai quand cet accès sera passé.... — Quoi! vous m'abandonnez?... — Non : une de mes servantes restera avec vous.... — Une servante!... — Oui, une excellente fille, très-patiente, très-douce.... Catau!... Catau!... »

A la voix de sa maîtresse, Catau accourut. Mme Steinhausse sortit de l'étable, et voilà Delphine tête à tête avec Catau, grosse et grande servante allemande, bien robuste, et qui ne savait pas un mot de français.

Aussitôt que Delphine l'aperçut, elle se précipita vers la porte, avec l'intention de sortir : Catau s'opposa à ce dessein en fermant la porte et mettant la clef dans sa poche. Delphine, outrée, dit à la servante qu'elle voulait avoir cette clef; Catau ne pouvait répondre, puisqu'elle n'entendait pas le français; mais elle sourit de l'air mutin de Delphine, et, après avoir regardé un moment cette petite figure aussi ridicule que comique, elle s'assit tranquillement, et se mit à tricoter. Ce sang-froid augmenta la colère de Delphine; le visage enflammé, les yeux étincelants, elle s'approcha de la servante et lui dit mille injures. Catau étonnée leva la tête, haussa les épaules, et continua son ouvrage. Cet air de mépris acheva de pousser à

bout l'orgueilleuse Delphine; furieuse, hors d'elle-
même, elle ne trouvait plus d'expressions qui pus-
sent rendre ce qu'elle éprouvait; elle était debout
à côté de la servante assise; celle-ci, la tête penchée sur son ouvrage, ne la voyait pas. Delphine,
ne sachant plus ce qu'elle faisait, se recula d'un
pas, leva le bras, et donna un soufflet bien appli-
qué sur la fraîche et grosse joue de Catau. A cette
attaque imprévue Catau s'émut un peu; mais prenant sur-le-champ son parti, elle détacha sa jarre-
tière, saisit Delphine, et lui attacha bien solide-
ment les mains derrière le dos. Delphine eut
beau crier, se débattre, elle fut garrottée de manière à ne pouvoir faire usage de ses mains. Alors
elle commença à comprendre qu'il est déraison-
nable de se révolter contre la nécessité; la rage
dans le cœur, elle cessa de crier et s'assit sur une
chaise, attendant avec impatience le retour de
Mme Steinhausse, dans l'espoir que cette dernière
consentirait à chasser la silencieuse et flegmatique
Catau.

Mme Steinhausse arriva enfin, tenant par la
main la plus aimable enfant du monde; c'était sa
fille Henriette, âgée de douze ans. Delphine, en
voyant entrer Mme Steinhausse, alla au-devant
d'elle, et lui montrant ses mains, elle se plaignit
amèrement de ce qu'elle appelait l'insolence de

Catau ; mais elle oublia de parler du soufflet.
Mme Steinhausse se retourna vers la servante et
l'interrogea. Catau, au grand étonnement de Delphine, répondit en allemand et se justifia en deux
mots. Alors Mme Steinhausse, adressant la parole
à Delphine, lui reprocha son emportement. « Enfin, mademoiselle, continua-t-elle, voyez à quoi
nous exposent la hauteur et la violence. Vous avez
indignement abusé de l'espèce de supériorité que
votre rang vous donne sur cette fille, et vous l'avez
forcée de manquer à tous les égards qu'elle vous
doit. Si vous voulez que vos inférieurs ne s'écar-
tent jamais du respect que vous êtes en droit d'attendre d'eux, traitez-les toujours avec douceur et
humanité. »

En disant ces mots, Mme Steinhausse déliait les
mains de Delphine, qui écoutait avec surprise un
langage si nouveau pour elle. Plus humiliée que
touchée par cette leçon, elle en sentit cependant
la justesse. Mme Steinhausse présenta sa fille à
Delphine, qui la reçut assez froidement. Un moment après, on servit le souper. A dix heures,
Catau déshabilla la triste Delphine, et l'aida à se
coucher sur son petit lit de sangle. Delphine, bien
fatiguée, apprit que l'on peut dormir d'un très-
bon sommeil dans un mauvais lit, et surtout dans
une étable.

Le lendemain le docteur vint voir Delphine à
son réveil, et lui ordonna d'aller se promener une
heure et demie avant le déjeuner. Delphine trouva
cette ordonnance très-dure : elle opposa quelque
résistance; mais à la fin il fallut obéir. On la conduisit dans un vaste verger. Quoiqu'il fît le plus
beau temps du monde (on était au mois d'avril),
Delphine se plaignit du froid, du vent, assura
qu'elle avait mal au pied, et pleura pendant toute
la promenade; mais elle se promena. On la ramena dans son étable, mourante de faim; elle
mangea avec appétit, pour la première fois depuis
un an. Après le déjeuner, elle ouvrit la cassette
qui renfermait ses bijoux, croyant qu'en étalant
toutes ses richesses aux yeux de Mme Steinhausse
et d'Henriette, elle obtiendrait de leur part beaucoup plus de considération. Remplie de cette idée,
l'orgueilleuse Delphine tira de son écrin un beau
collier de perles fines et l'attacha à son cou. Elle
mit à ses oreilles des pendants d'émeraudes, et
plaça dans ses cheveux une étoile et un papillon
de diamants. Ensuite elle vint s'asseoir gravement
vis-à-vis d'Henriette, qui brodait à côté de sa
mère.

Henriette, au mouvement que fit Delphine en
s'approchant d'elle, leva les yeux, la regarda froidement, et continua son ouvrage. Delphine, éton-

née du peu d'effet que produisait sa parure, et voulant attirer l'attention d'Henriette, lui offrit des bonbons, en lui présentant une superbe boîte de cristal de roche, ornée d'une charnière de brillants. Henriette prit une dragée, mais sans louer la bonbonnière. Alors Delphine lui demanda comment elle trouvait cette boîte. « Mais, dit Henriette, je la crois bien lourde : une boîte de paille serait plus agréable à porter. — De paille!... — Oui ; comme la mienne, par exemple : tenez, regardez comme elle est jolie ! — Mais savez-vous le prix de celle-ci ? — Qu'importe le prix ? c'est de l'agrément qu'il s'agit. — Et la beauté du travail ?... — Oh! la vôtre est plus belle; elle ornerait mieux une boutique; mais pour une poche, la mienne vaut mieux. — Ainsi donc vous ne faites aucun cas de ces belles choses? — Aucun, quand elles sont gênantes, incommodes. — Aimez-vous les diamants? — Je trouve qu'une guirlande de fleurs sied mieux à une jeune personne qu'une aigrette de diamants. — Et lorsqu'on n'est plus jeune, ajouta Mme Steinhausse, nulle parure ne peut embellir. »

A ces mots, Delphine tomba dans la rêverie. Elle éprouvait une certaine tristesse qu'elle n'avait jamais ressentie. Cependant Mme Steinhausse lui imposait assez pour la forcer à se contraindre; et

2

n'osant témoigner son dépit, elle prit le parti du silence.

Au bout de quelques minutes, Mme Steinhausse, s'adressant à Delphine : « Puisque vous aimez les boîtes, mademoiselle, lui dit-elle, je vous en montrerai d'assez jolies. — Ah! oui, reprit Henriette, maman en a de charmantes, entre autres, des dendrites.... — Des dendrites, interrompit Delphine, qu'est-ce que cela? — On donne ce nom, ajouta Henriette, à des pierres qui, par un hasard et un jeu de la nature, portent l'empreinte des végétaux et des animaux. »

Après cette petite explication, Henriette cessa de parler, et Delphine retomba dans la tristesse. Pour la première fois de sa vie, elle fit quelques réflexions. « Henriette, disait-elle en elle-même, Henriette n'est que la fille d'un médecin, elle n'a ni bijoux ni diamants, je ne lui vois point de joujoux, elle travaille sans relâche; pourquoi donc a-t-elle l'air gai, satisfait? pourquoi paraît-elle heureuse, tandis que moi, depuis que j'existe, je m'ennuie?... »

Ces réflexions faisaient soupirer Delphine. Elle se trouvait fort à plaindre; cependant elle s'ennuyait beaucoup moins qu'à Paris. L'entretien de Mme Steinhausse et d'Henriette l'intéressait et piquait sa curiosité. Elle ne pouvait s'empêcher de

respecter la première, et elle sentait déjà au fond
de son cœur un penchant très-décidé pour la jeune
Henriette.

Sur le soir, elle s'avisa de demander sa poupée
et ses joujoux. Mme Steinhausse lui dit qu'on les
avait oubliés à Paris, mais qu'elle les aurait dans

quatre ou cinq jours. Delphine, malgré l'espèce de
crainte que lui inspirait Mme Steinhausse, allait
témoigner son mécontentement, lorsque Henriette
lui proposa d'aller lui chercher de quoi s'amuser
pour toute la soirée ; elle sortit, et revint bientôt
avec Catau, apportant deux grands livres d'es

tampes renfermant une collection de costumes
turcs et de costumes russes. Henriette avait une
manière si intéressante de montrer ces estampes,
elle les expliquait avec tant d'intelligence, que Delphine s'amusa véritablement. Avant de se coucher,
elle embrassa Mme Steinhausse et sa fille, en disant à celle-ci : « J'espère que vous m'enseigne-
rez encore demain quelque chose de nouveau. »

Delphine se mit au lit sans humeur; elle dormit
parfaitement bien ; à son réveil, elle appela Henriette. Déjà tout habillée, Henriette accourut, et
voyant que Delphine lui tendait les bras, elle sauta
légèrement sur son lit, et se jeta à son cou. Delphine se leva en diligence. Elle ne se fit point
presser pour aller à la promenade, et prenant
Henriette sous le bras, elle sortit gaiement de
l'étable. Arrivée dans le jardin, elle vit courir sa
compagne, admira sa grâce et sa légèreté, et consentit à courir aussi. Ensuite Henriette, apercevant un charmant papillon couleur de rose et noir,
proposa à Delphine d'essayer de l'attraper. Aussitôt la chasse commença. Les deux jeunes filles
se séparèrent. Henriette, comme la plus légère,
gagna les devants et se chargea de couper les chemins au papillon, si Delphine le manquait en approchant de l'arbuste sur lequel il était posé. Delphine en effet s'avança trop brusquement : le

papillon s'échappa, vivement poursuivi, et après
mille détours il s'arrêta sur une branche d'aubé-
pine. Delphine, les bras levés, la tête en avant,
avança doucement cette fois un pied, et puis l'autre ; enfin elle touchait presque au buisson d'au-
bépine : le cœur palpitant, retenant sa respiration,
dans la crainte d'agiter les feuilles, elle étendit
une main tremblante.... elle crut qu'elle allait
saisir sa proie ; mais, hélas! le papillon s'envola,
s'échappant à travers les doigts de Delphine, et
même y laissant des traces de son passage.

Delphine soupira en voyant sur sa main une
partie de la poussière qui colorait les ailes du joli
papillon. Fatiguée, et non rebutée, elle voulut le
suivre encore, il la conduisit, ainsi qu'Henriette,
jusqu'au bord d'un fossé assez large qui séparait
le jardin d'un immense verger, et s'envola dans le
verger. Henriette, au même instant, franchit le
fossé. Delphine, qui ne savait pas sauter, ne put
la suivre ; et, tandis qu'elle s'en affligeait, Henriette atteignit le papillon, et revint en sautant,
tenant par le bout des ailes son captif, qui se dé-
battait en vain pour s'échapper.

Sur les neuf heures, Mme Steinhausse permit
aux deux jeunes amies d'aller déjeuner dans le
cabinet d'Henriette. Delphine vit dans ce cabinet
des objets entièrement nouveaux pour elle ; des

fleurs desséchées et mises sous verre, des coquilles, des papillons formant de jolis tableaux.
Henriette répondit aux questions de Delphine avec
sa complaisance ordinaire : elle lui montra tout
avec détail, et lui apprit qu'on divisait les coquilles
en trois classes, et que ces trois classes forment en
tout vingt-sept familles, qui comprennent les différents genres de coquilles.

Delphine écoutait Henriette avec étonnement et
curiosité. « Que vous savez de choses ! lui dit-elle.
— Moi, reprit Henriette, je ne sais rien encore, je
n'ai que des notions confuses et superficielles ;
mais j'ai le plus vif désir de m'instruire, et j'aime
la lecture.... — Vous aimez la lecture ! c'est drôle.
— Comment, drôle ! c'est un goût très-commun,
je crois. — Je ne le pensais pas. — Voulez-vous
que je vous prête des livres? — Volontiers, en attendant que ma poupée soit arrivée. — Eh bien !
je vais vous donner les *Conversations d'Émilie*, et
l'Ami des enfants de Berquin. »

En achevant ces mots, Henriette prit dans sa
petite bibliothèque *l'Ami des enfants*, et le donna
à Delphine, qui reçut ce présent avec assez d'indifférence. Mme Steinhausse la reconduisit aussitôt dans son étable, l'y laissa seule sous la garde
de Catau, et annonça qu'elle reviendrait dans deux
ou trois heures.

Delphine, seule dans son étable avec Catau et n'ayant point de joujoux, s'avisa de chercher dans *l'Ami des enfants* une ressource contre l'ennui. Elle ouvrit ce livre avec assez de nonchalance, et se mit à le lire. Bientôt cette occupation l'intéressa, l'attacha; elle vit avec surprise que la lecture pouvait tenir lieu de beaucoup d'autres amusements. Comme elle réfléchissait sur cette découverte, elle entendit frapper à la porte de l'étable. Catau alla ouvrir, et Delphine vit paraître une vieille paysanne, conduite par une jeune fille de quinze ou seize ans, qui lui demanda si elle était Mlle Steinhausse. « Non, répondit Delphine; mais elle va bientôt venir. »

La bonne femme pria qu'on lui permît d'attendre Henriette : « Car, ajouta-t-elle, il faut absolument que je lui parle. »

Dans ce moment, Delphine s'aperçut que la vieille paysanne était aveugle; elle lui demanda si elle venait avec l'intention de consulter le docteur Steinhausse. « Ah! vraiment, répondit-elle, je ne serais pas venue de mon chef : c'est Mlle Henriette qui m'a envoyé chercher. — Comment cela? »

Alors la bonne femme raconta qu'elle habitait Franconville, qu'elle était aveugle depuis trois ans, ce qui la chagrinait d'autant plus que sa petite-fille Agathe (celle même qui la conduisait) refu-

sait d'épouser un riche vigneron du village d'Henriette, parce qu'elle disait qu'étant mariée et
chargée du détail d'un gros ménage, elle ne pourrait plus soigner sa grand'mère aveugle, lui tenir
compagnie, la servir, la conduire partout, et
qu'elle ne voulait pas la confier aux soins d'une
servante. Agathe prit la parole : « Il était bien naturel, dit-elle, qu'elle pensât ainsi, puisque ayant
perdu son père et sa mère en bas âge, sa grand'
mère l'avait élevée. — Aussi, reprit la vieille paysanne, cette chère enfant ne veut-elle pas m'abandonner. Mlle Henriette a su toute notre histoire,
et elle m'a envoyé chercher dans une carriole, afin
que je consulte son bon père, qui a déjà rendu
la vue à je ne sais combien de gens qui n'y voyaient
goutte. »

La bonne femme fut interrompue par l'arrivée
d'Henriette, qui l'embrassa avec la plus grande
affection, ainsi que la jeune fille ; elle leur fit beaucoup de questions, mais d'un ton plein d'intérêt,
écoutant leurs réponses avec attendrissement. Ensuite, prenant la vieille femme par la main : « Venez, dit-elle, je vais vous conduire chez mon
père, il arrive dans l'instant de Paris ; venez le
consulter. »

En parlant ainsi, Henriette força la bonne
femme de s'appuyer sur son bras, et tenant

de l'autre main la jeune fille, elle sortit de l'étable.

Cette petite scène fit une forte impression sur Delphine : jamais Henriette n'avait paru à ses yeux aussi bonne, aussi raisonnable; elle se rappelait avec ravissement son entretien avec les deux paysannes, et surtout l'expression de sa physionomie. Son penchant pour elle s'en augmenta, ainsi que le désir de lui ressembler.

Au bout d'un quart d'heure, Henriette revint transportée de joie. « Que je suis heureuse, dit-elle à Delphine, d'avoir eu l'idée de faire venir cette bonne femme! mon père est sûr de lui rendre la vue : il lui fera l'opération de la cataracte dans huit jours, et, à ma prière, il consent à la loger ici et à la garder jusqu'à ce qu'elle soit entièrement guérie. Concevez-vous mon bonheur? continua Henriette. Quand cette pauvre femme ne sera plus aveugle, sa pauvre fille pourra épouser le riche vigneron qui la demande, puisqu'elle n'aura plus besoin de servir de guide à sa grand' mère; ainsi l'affection d'Agathe pour son aïeule ne lui coûtera pas le sacrifice d'un établissement avantageux. — Ah! ma chère Henriette, s'écria Delphine attendrie, je comprends en effet combien vous devez être heureuse, et combien vous méritez de l'être! »

L'arrivée de M. et de Mme Steinhausse mit fin
à cette conversation. Le docteur, comme à son
ordinaire, questionna sa petite malade sur son
état. « Je me trouve déjà beaucoup mieux, lui dit-
elle ; je suis un peu fatiguée d'avoir couru aujour-
d'hui : mais cette lassitude ne m'attriste pas comme
celle que j'éprouvais à Paris, quand je revenais
du bal ou de l'Opéra. — Je n'en suis pas surpris,
dit le docteur en souriant : les courbatures qu'on
prend à Paris donnent la fièvre ; celles qu'on gagne
à la campagne, loin d'être dangereuses, procurent
de l'appétit, du sommeil, et ces vives couleurs que
vous voyez sur les joues d'Henriette. »

Le docteur tâta ensuite le pouls de Delphine, et
lui ordonna de suivre le même régime jusqu'à
nouvel ordre.

Le jour même, Delphine reçut une lettre de sa
mère ; elle la montra à Henriette, qui, un instant
après, sortit et revint en apportant une écritoire
et du papier. « Tenez, dit-elle, à Delphine, voilà
de quoi répondre à madame votre mère. »

A ces mots, Delphine rougit et baissa les yeux.
« Hélas ! je ne sais pas écrire, dit-elle. — Comment ! reprit Henriette, point du tout ? Je forme
bien quelques grosses lettres ; mais voilà tout. »

A cet aveu, Henriette, qui vit Delphine humiliée, souffrit de son embarras : « Il n'est pas éton-

nant, lui dit-elle, que votre mauvaise santé ait
retardé votre éducation ; mais à présent que vous
vous portez mieux, vous pourrez réparer le temps
perdu. — Oh! que je le voudrais ! interrompit
Delphine. Par exemple, si quelqu'un ici pouvait
m'apprendre à écrire.... — Mon écriture n'est pas
mauvaise, repartit Henriette, et, si vous le permettez, je serai votre maîtresse. »

Pour toute réponse, Delphine jeta ses deux bras
autour du cou d'Henriette, et il fut convenu que la
première leçon serait donnée le lendemain même.

Delphine commençait à rougir de l'excès de son
ignorance. Elle aimait, elle admirait Henriette ;
celle-ci se servait de tout son ascendant pour l'engager à s'occuper, à s'instruire, et lui offrait de si
bons exemples, et en même temps paraissait si
heureuse, que Delphine ne pouvait résister au désir de l'imiter. D'ailleurs, elle trouvait dans sa
conversation, dans celle de Mme Steinhausse, un
agrément qu'elle goûtait mieux de jour en jour :
tantôt Mme Steinhausse l'entretenait de botanique,
de minéralogie; tantôt elle lui contait quelque trait
intéressant d'histoire; d'autres fois elle lui parlait de l'Allemagne, des établissements utiles et
des curiosités qui se trouvent à Vienne ; des su-
perbes collections de tableaux qu'on admire à
Dresde, à Dusseldorf; des charmants jardins de

Reinsberg en Prusse, et du beau temple de l'Amitié, élevé par un grand roi dans les jardins de Sans-Souci. Ce monument intéressant est de marbre ; il renferme le mausolée de la margrave de Bareith, sœur du roi ; il est soutenu par de magnifiques colonnes sur lesquelles on lit les noms révérés des amis les plus zélés de l'antiquité, tels que Thésée et Pirithoüs, Oreste et Pylade, Épaminondas et Pélopidas, Cicéron et Atticus, etc., héros dignes de vivre à jamais dans la mémoire des hommes, puisqu'ils furent à la fois grands et sensibles, et qu'ils ne durent qu'à la vertu et aux charmes de l'amitié leur bonheur, leur gloire et leur réputation. Delphine écoutait ces récits avec une extrême attention ; insensiblement elle prenait un attachement véritable pour Mme Steinhausse, et commençait à sentir le prix de ses conseils ; parfois même elle la priait de lui en donner ; elle lui obéissait sans efforts, éprouvant la satisfaction la plus vive quand elle en recevait quelques marques d'approbation. Cependant Henriette, et par conséquent Delphine, voyaient approcher avec un grand plaisir le jour où l'on devait opérer la vieille paysanne ; le riche vigneron, nommé Simon, était venu prier Henriette et Mme Steinhausse de seconder ses projets. Le refus d'Agathe, qui prouvait si bien toute son affection pour sa grand'mère, l'avait rendue encore plus chère aux yeux de Simon. Mme Steinhausse avait parlé à Agathe, et cette dernière avait fini par avouer qu'elle *estimait* beaucoup M. Simon.

Enfin elle promit positivement d'épouser Simon, si le docteur rendait la vue à sa grand'mère, à condition que le vigneron consentirait à loger la vieille paysanne. Simon prit avec plaisir cet engagement, et, rempli de tendresse pour la jeune fille, flottant entre l'espérance et la crainte, il attendait, avec une émotion mêlée d'inquiétude et d'impatience, le jour fixé pour l'opération.

Ce jour intéressant arriva enfin ; Delphine demanda et obtint la permission d'être témoin de l'opération. A midi, Henriette alla chercher la bonne femme et la conduisit dans le cabinet du docteur. La vieille paysanne, pénétrée de reconnaissance pour sa jeune protectrice, la remerciait dans les termes les plus touchants, et lui serrait affectueusement la main, disant que, si Dieu lui rendait la vue, elle aurait presque autant de plaisir à regarder Henriette qu'elle en éprouverait en revoyant Agathe. Le docteur fit faire silence ; la bonne femme se plaça dans un fauteuil et demanda que sa petite fille et Henriette fussent à ses côtés. Simon, le jeune vigneron, pâle et tremblant, était debout auprès d'une table. Agathe, se cachant le

visage avec son tablier, afin de ne pas voir l'opération, tenait une des mains de sa grand'mère,
qu'elle baignait de ses larmes. Mme Steinhausse
et Delphine, assises à quelques pas de distance,
vis-à-vis d'elles, contemplaient ce tableau avec
attendrissement. Le docteur commença l'opération; la bonne femme la soutint avec courage....
« C'est fait! s'écria tout à coup le docteur. — Bon
Dieu ! je ne suis plus aveugle!... dit à son tour la
paysanne. Agathe! ma fille, je te vois! et Mlle Henriette, où est-elle? »

Agathe, fondant en larmes, se jette dans ses
bras. Henriette, transportée, accourt pour l'embrasser ; le vigneron vient tomber aux genoux
d'Agathe, en disant : « Elle est à moi.... »

A ce touchant spectacle, Delphine, hors d'elle-
même, se lève, se précipite vers Henriette, et ne
peut exprimer que par des pleurs les doux sentiments de tendresse qui remplissent son âme....

Vous pouvez bien penser, mes enfants, que pour
le coup voilà Delphine devenue tout aussi bonne
qu'Henriette. Quand on sent vivement le prix d'une
bonne action, on est bien près d'être capable de
l'imiter. Delphine connut enfin que la naissance,
les diamants, les bijoux, ne sauraient nous rendre
heureux, et que la bonté seule peut assurer le
bonheur de la vie. Témoin de la satisfaction qu'é-

Le docteur commença l'opération. (Page 30.)

prouvait Henriette, de la reconnaissance que lui montraient la vieille paysanne, Agathe et Simon, lisant dans les yeux du docteur et de Mme Steinhausse combien ils jouissaient d'avoir une fille aussi digne de leur tendresse, Delphine enviait le sort d'Henriette, et en même temps elle sentait au fond de son cœur s'affermir et s'augmenter encore l'amitié qu'elle avait pour elle.

Après ces premiers moments de trouble et d'attendrissement, le docteur demanda à la vieille paysanne qu'elle fixât le jour du mariage de sa petite-fille ; il fut décidé que Simon épouserait Agathe sous trois semaines. Le docteur et Mme Steinhausse se chargèrent du trousseau d'Agathe, et Henriette demanda la permission de lui offrir une belle pièce de percale que sa mère lui avait donnée la veille. Delphine, tout le reste du jour, entendit répéter l'éloge d'Henriette ; la vieille paysanne l'appelait sa *bonne protectrice*. En remerciant le docteur, elle ajoutait toujours : « Mais c'est à Mlle Henriette que je dois mon bonheur ; c'est elle qui m'a fait venir, qui m'a fait recevoir dans cette maison ; elle s'informe de ceux qui sont dans la peine, elle les découvre, elle les envoie chercher, elle les rend heureux.... »

Agathe, pendant ce temps, baisait les mains d'Henriette. Simon n'osait parler, mais il levait les yeux au ciel, ses regards exprimaient sa vive reconnaissance : tous les domestiques bénissaient leur jeune maîtresse, et contaient d'elle mille autres traits de bienfaisance. Mme Steinhausse et le docteur se félicitaient mutuellement d'avoir une aussi charmante fille. Henriette recevait ces douces louanges avec modestie et attendrissement; elle les rapportait toutes à sa mère. « Sans vous, lui disait-elle, sans vos tendres soins, je ne jouirais pas du bonheur que je goûte. Ah! maman, achevez de me corriger de tous les défauts qui me restent, et vous me rendrez plus digne de vous !... »

Le soir, quand Delphine se trouva dans son étable tête à tête avec Mme Steinhausse, elle se mit sur ses genoux, et la regardant tendrement : « Ah! madame, lui dit-elle, comment avez-vous pu me supporter jusqu'ici, moi si différente d'Henriette! Que vous avez dû me trouver haïssable! — C'est beaucoup de sentir ses torts, reprit Mme Steinhausse, d'ailleurs, depuis quelque temps vous vous conduisez infiniment mieux; chacun remarque en vous un notable changement en bien. — Hélas! interrompit Delphine, combien je suis loin de ressembler à l'aimable Henriette! Hier encore, ne me suis-je pas impatientée deux ou trois fois de manière à vous faire hausser les épaules? Aujourd'hui même, n'ai-je pas brusqué Marianne et voulu faire gronder Catau? A propos de Catau, ai-je pensé à lui demander pardon du soufflet que j'eus le tort de lui donner en arrivant ici? Pauvre Catau! ai-je bien pu lui donner un soufflet! à elle si bonne!... Ah! madame, faites-la venir, je vous en prie : je veux qu'elle sache combien je me repens. »

Mme Steinhausse appela Catau, qui vint sur-le-champ. Delphine, s'approchant d'elle les mains jointes, pria Mme Steinhausse de servir d'interprète, et fit les excuses les plus franches ; Mme Seinhausse les traduisait à mesure en allemand. « Enfin, ma bonne Catau, ajouta Delphine avec une grâce ravissante, si vous me pardonnez, permettez-moi de baiser la joue que j'ai eu l'indignité de frapper. »

Catau, attendrie, par respect n'osait s'avancer mais Delphine se jeta à son cou, et l'embrassa de toute son âme, et avec un grand plaisir, car elle sentait que cette action en réparait une bien mauvaise. Catau sortit en essuyant ses yeux remplis de larmes, disant en allemand que Delphine était *une charmante petite demoiselle.* Après le départ de la servante, Delphine fit ouvrir une armoire, et en tira une jolie pièce de mousseline : « Voilà, dit-elle, un présent que je destine à Catau. — Et pourquoi, demanda Mme Steinhausse, ne le lui

avez-vous pas donné sur-le-champ? — Ah! je
n'avais garde; elle aurait pu croire que je voulais

par là payer le soufflet reçu. Ce présent alors,
au lieu de lui faire plaisir, l'aurait offensée. Ce
n'est pas, je pense, avec de l'argent qu'on peut

réparer un mauvais traitement : Catau m'aurait-
elle pardonné de bon cœur, si j'eusse eu l'air de
vouloir acheter mon pardon? — Vous avez bien
raison, dit Mme Steinhausse : voilà de la délicatesse; conservez de pareils sentiments; ils
feront paraître votre générosité plus noble, et
donneront à tous vos procédés un charme inexprimable. »

En ce moment, on vint annoncer un courrier
de la part de Mme Mélite. Il apportait une lettre
à Delphine, dans laquelle sa mère l'engageait à
lui demander librement tout ce qu'elle pouvait
désirer, et à lui mander quels étaient les joujoux
qui lui feraient le plus de plaisir. Après avoir lu
cette lettre, Delphine soupira, et priant Mme Steinhausse d'écrire pour elle à Mme Mélite, elle lui
dicta la lettre suivante :

« Je vous remercie, ma chère maman, de toutes
vos bontés; mais je n'aime plus les joujoux; je
vais vous dire, puisque vous me l'ordonnez, ce
qui me ferait plaisir dans ce moment. Il y a ici
une vieille paysanne bien bonne, bien pauvre; il
est vrai que sa petite-fille épouse un riche vigneron; mais comme c'est le mari qui aura l'argent,
peut-être qu'il n'en donnera pas à la grand'mère
autant que la fille le voudrait, du moins je le

crains ; et pourtant je désirerais que la vieille
femme ne manquât de rien. Je l'aime, non pas
seulement parce qu'elle est bonne, mais parce
qu'elle est mère ; je le sens bien, je donnerai toujours de meilleur cœur à une mère qu'à toute
autre. Mme Steinhausse croit qu'une pension de
cinquante écus ferait le bonheur de la vieille
paysanne ; ainsi, ma chère maman, je vous prie
de m'envoyer, au lieu des joujoux que vous m'of-
frez, une pension de cinquante écus : je la donnerai tout de suite à la bonne grand'mère. Je serais
bien aise de lui faire présent d'une pièce de toile
de coton, afin qu'elle ait un habit neuf pour la
noce de sa fille. Bonsoir, ma chère maman ; ma
santé se fortifie tous les jours. Mme Steinhausse a
mille bontés pour moi, et je me trouverais tout à
fait heureuse, si je n'étais pas privée du bonheur
de voir ma chère maman ; du moins son portrait
ne quitte pas mon bras, chaque jour je le baise
en lui disant *bonjour* et *bonsoir*, et alors surtout
j'ai le cœur bien serré en pensant que je suis à
cinq lieues de vous : sans cela je serais enchantée
d'être ici, d'autant plus que cette campagne est
charmante ; et puis on dit qu'il y aura bien des
cerises cette année. A propos, maman, voulez-
vous bien dire à ma bonne que je lui élève un san-
sonnet, quoiqu'elle ait mandé à Mme Steinhausse

qu'elle était sûre que j'avais déjà *pincé Mlle Stein-*
hausse plus de vingt fois? Il y avait cela dans sa
lettre; j'en ai ressenti de la peine, car si vous saviez, maman, à quel point il faudrait être mé-
chante pour pincer Henriette!... Au reste, je l'espère, je ne pincerai plus personne de ma vie.
Adieu, ma chère et tendre maman : votre enfant
vous embrasse de toute son âme.   « DELPHINE. »

Le surlendemain, Delphine reçut de sa mère
une réponse charmante, et, au lieu d'une pension de cinquante écus pour la bonne femme,
Mme Mélite envoyait un contrat de trois cents livres, sans oublier l'habit neuf pour le jour du
mariage. Delphine, transportée de joie, porta sur-
le-champ son présent à la vieille paysanne, que ce
bienfait acheva de rendre parfaitement heureuse.
Sa reconnaissance et celle d'Agathe, les louanges
de Mme Steinhausse, les tendres caresses d'Henriette, firent goûter à Delphine une satisfaction
dont jusqu'à ce moment elle n'avait eu qu'une faible
idée; car, pour connaître l'étendue d'un bonheur
si pur, il faut en avoir joui. Le soir, Delphine
demanda à Mme Steinhausse combien Mme Mélite
avait dépensé d'argent pour faire ce contrat de
trois cents livres. — Mille écus à peu près, répondit
Mme Steinhausse, parce que cette rente n'est que

viagère. —Comment! on peut, avec mille écus,
assurer de quoi vivre à une personne qui n'a
rien!... Mille écus, c'est précisément ce que ma
parure de diamants a coûté!... — Eh bien! mademoiselle, cette parure vous fait-elle grand plaisir?
— Oh! point du tout : j'aime cent fois mieux une
rose; et quand je songe qu'avec mille écus on peut
tirer pour jamais de la misère un infortuné sans
ressource, je ne conçois plus qu'on ait la folie d'a-
cheter des diamants. »

Deux jours après cet entretien, Agathe épousa
Simon. Les noces se firent dans la maison de
Mme Steinhausse; on dressa des tables dans le
verger, sous de grands noyers plantés sans symé-
trie, sur un charmant gazon émaillé de serpolet,
de marguerites et de violettes; une trentaine de
paysans des environs s'établirent autour des tables, et Mme Steinhausse fit les honneurs de celle
des nouveaux mariés. Après le dîner, on dansa
sur la pelouse jusqu'au soir; et Delphine, parta-
geant la gaieté commune, disait à Mme Steinhausse : « Les bals de Paris ne m'ont jamais bien
amusée; mais qu'à présent ils me paraîtront en-
nuyeux! —Les vrais plaisirs, répondit Mme Steinhausse, ne se trouvent qu'à la campagne; et,
quand on les a goûtés, tous ceux que peut offrir la
ville paraissent insipides et fatigants. »

Delphine, au mois de juillet, trouva la campagne bien plus belle encore; elle faisait de longues promenades dans les champs, quelquefois le soir, au clair de la lune, avec Mme Steinhausse et Henriette. D'ailleurs, ayant pris le goût de l'occupation, elle n'éprouvait pas un seul instant d'ennui; tantôt elle lisait ou se mettait à écrire, tantôt elle travaillait, et apprenait d'Henriette à dessiner des fleurs, à dessécher des plantes, dont elle se faisait dire les noms et les propriétés; elle employait en bonnes actions l'argent que Mme Mélite lui envoyait tous les mois pour ses menus plaisirs. Aimée de tous, satisfaite d'elle-même, elle se sentait chaque jour plus heureuse; on ne remarquait plus sur son visage cette langueur, cet air d'abattement qui en avaient altéré les charmes pendant si longtemps; ses yeux étaient animés, brillants; elle avait toute la fraîcheur de la jeunesse. Sachant également bien marcher, courir et sauter, elle avait acquis, en quatre mois, plus de grâce, de légèreté que tous les maîtres de danse de Paris n'auraient pu lui en donner.

Au commencement du mois d'août, le docteur lui déclara qu'elle pouvait quitter son étable, et au même instant on la conduisit dans une jolie petite chambre préparée exprès pour elle. Delphine sentit une joie bien vive en se voyant établie dans un appartement agréable et commode; sa fenêtre donnait sur la vallée; la beauté de la vue, la propreté du plancher et des meubles l'enchantaient. « Expliquez-moi donc, disait-elle à Mme Steinhausse, pourquoi ce petit logement me paraît aussi charmant, et pourquoi je me déplaisais tant dans celui que j'occupais à Paris, quoiqu'il fût cependant beaucoup plus grand et plus beau que celui-ci? — D'abord, répondit Mme Steinhausse, votre chambre à Paris donnait sur un vilain petit jardin bien triste et entouré de hautes murailles; et puis, quand vous êtes venue ici, vous ne connaissiez que de faux plaisirs, c'est-à-dire ceux que peuvent procurer la vanité, la magnificence et le grand monde; comme ces plaisirs ne sont qu'imaginaires, on s'en lasse facilement; aussi en étiez-vous déjà dégoûtée; n'ayant aucune idée des véritables, vous périssiez d'ennui : telle était votre situation. Vous avez vécu dans une trop grande abondance pour apprécier les commodités et les agréments qu'une honnête aisance répand sur la vie : vous ne jouissiez de rien, parce qu'on ne vous laissait rien désirer. Les choses les plus agréables deviennent insipides, ennuyeuses même, si l'on ne sait pas en user sobrement; je vais vous en donner un exemple. Vous aimiez beaucoup les fleurs; je vous ai vue

trouver un grand plaisir à chercher de la violette :
pourquoi ce goût particulier pour cette dernière
fleur, goût qui vous est commun avec toutes les
jeunes personnes? C'est que la violette est cachée
sous les feuilles, c'est qu'elle est moins commune
que le thym, qu'il faut la chercher; si elle était
répandue dans les champs avec une extrême profusion, vous cesseriez de l'aimer, vous n'en feriez
pas plus de cas que du gazon. Les productions de
l'art sont sans doute au-dessous de celles de la
nature; il est donc encore plus facile de s'en lasser : cependant elles ont leur agrément; elles peuvent procurer des plaisirs, mais seulement aux
personnes modérées. Si vous remplissez votre appartement et votre maison de porcelaines, vous
serez bientôt dégoûtée de porcelaines. Si vous allez
tous les jours au spectacle, vous n'y trouverez que
de l'ennui. Si vous restez trop longtemps à table,
si vous mangez des mets trop recherchés, vous
dînerez sans appétit, et par conséquent sans plaisir. Il en est ainsi de toutes les choses dont on
abuse : dès qu'on veut satisfaire pleinement ses
goûts, on les éteint : ainsi souvenez-vous que
l'excès des superfluités, loin de contribuer au
bonheur, le détruit totalement. Songez encore que
le luxe n'éblouit que les sots, et ne produit pas
une seule vraie jouissance; rien n'est plus incom-

mode que la magnificence. Des pendants de diamants arrachent les oreilles; une robe brochée
d'or assomme, écorche les mains; des bijoux, des
ajustements précieux imposent mille sujétions;
hier, si vous aviez eu un tablier garni de dentelle,
vous n'eussiez point cueilli tant de roses sauvages
sur ces buissons d'épines où vous laissâtes la moitié de votre robe, et vous ne seriez pas revenue si
gaie, si contente de votre promenade. La magnificence n'est pas moins gênante dans les meubles :
pour moi, j'aimerais cent fois mieux habiter toujours votre étable que ces brillants appartements
où l'on est obligé de marcher et de s'asseoir avec
précaution. Que je plains les gens ainsi esclaves
de leurs richesses! La vanité qui les égare pourrait, mieux entendue, leur enseigner les vrais
moyens d'obtenir la considération qu'ils recher-
chent; au lieu d'étaler tout ce faste, que ne font-ils
de bonnes actions!... — Sans doute, interrompit Delphine, ils se feraient estimer; mais d'ailleurs est-il possible de ne pas trouver un grand
plaisir à faire du bien? — En se livrant à toutes
ses fantaisies, continua Mme Steinhausse, en dé-
pensant tout son argent en vaines superfluités;
on s'endurcit le cœur, on finit par se corrompre.
— Ah! s'écria Delphine, quelle que soit ma fortune un jour, jamais elle ne me corrompra; je

serai modérée, je me souviendrai de l'ennui que
j'éprouvais au milieu d'une extrême abondance,
je me souviendrai qu'il m'a fallu passer quatre
mois dans une étable pour être en état de sentir
le prix d'une partie des choses dont j'étais fatiguée, et surtout qu'il existe des infortunés ; que
le bonheur de les soulager est le plus grand qu'on
puisse goûter de la vie. »

Cet entretien finit par les plus tendres remer-
cîments de Delphine à Mme Steinhausse; cette
dernière avait en effet de justes droits à la reconnaissance de Delphine, puisqu'elle lui avait appris
à raisonner, à penser, à sentir. Delphine resta
encore deux mois chez le docteur; elle acheva d'y
perfectionner son caractère, d'y fortifier sa santé.
Enfin, vers le commencement du mois d'octobre,
elle jouit du bonheur de revoir sa mère. Mme Mélite la pressa dans ses bras avec transport, elle
pouvait à peine la reconnaître. Delphine était pro-
digieusement grandie; en même temps elle avait
pris de l'embonpoint et les couleurs les plus vives.
Mme Mélite, au comble de ses vœux, la regardait,
la serrait contre son sein, l'embrassait, voulait
parler, et ne pouvait exprimer l'excès de sa joie
que par des pleurs. Mme Steinhausse, témoin de
son bonheur, jouit en silence d'un si doux spectacle. « Vous me l'avez donnée mourante, dit-elle

enfin ; je vous la rends, madame, dans toute la force de la santé ; et, ce qui vaut mieux encore, je vous la rends bonne, douce, égale, sensible, raisonnable, enfin digne de faire votre bonheur. Cependant elle est si jeune, si peu formée, qu'à moins de certains ménagements on pourrait craindre encore pour elle des rechutes ; si vous voulez les prévenir, voici le régime qu'elle doit suivre ; il n'est pas rigoureux, mais nécessaire. — Elle le suivra, interrompit Mme Mélite ; donnez, madame. »

Et prenant le papier que lui présentait Mme Steinhausse, elle le lut tout haut.

ORDONNANCE DU DOCTEUR STEINHAUSSE.

« Mlle Delphine passera six mois de l'année à la campagne ; à Paris, elle ira très-rarement aux spectacles, se donnera beaucoup d'exercice à pied, même en hiver ; elle ne mangera jamais que du pain à son déjeuner et à son goûter, excepté dans le temps des fruits ; elle ne portera que des habits simples, les seuls qui soient commodes et légers.

« Pour la préserver de l'ennui, on lui donnera des livres instructifs et amusants, et l'on ne souffrira pas qu'elle soit un moment oisive ; si elle se laissait aller par hasard à la tristesse, il faudrait lui rappeler l'histoire de la grand'mère d'Agathe, et le bien qu'elle a fait à cette vieille femme : en suivant cette méthode et ce régime, Mlle Delphine conservera sa santé, sa gaieté, et le bonheur dont elle jouit. »

Mme Mélite approuva fort ce régime ; elle promit de le suivre exactement, et témoigna à Mme Steinhausse la plus vive reconnaissance ; l'année d'ensuite, elle acheta une maison dans la vallée de Montmorency, dans le voisinage de celle de Mme Steinhausse. Delphine conserva toute sa vie pour cette dernière l'attachement qu'elle lui devait, et pour l'aimable Henriette la plus tendre amitié. Elle devint une personne charmante, et acquit de l'instruction et des talents ; bonne, raisonnable, bienfaisante, elle était admirée et chérie de tous ceux qui l'approchaient ; sa mère lui choisit un mari digne d'elle, dont elle fit le bonheur, et qui la rendit parfaitement heureuse.

LE CHAUDRONNIER

LE CHAUDRONNIER.

Le roi d'Angleterre, Jacques II, contraint d'a-
bandonner son royaume, vint se réfugier en
France; Louis XIV lui donna un asile à Saint-
Germain, où vinrent aussi se fixer quelques sujets
fidèles qui l'avaient suivi. Mme de Varonne, dont
je vais vous conter l'histoire, était d'une famille
irlandaise qui avait suivi Jacques II dans l'exil :
tout le temps que vécut son mari, elle jouit d'une

honnête aisance ; mais devenue veuve, et se trouvant sans protection, sans parents, elle n'eut pas
le crédit d'obtenir de la cour une partie de la pension qui avait fait subsister son mari. Cependant
elle écrivit aux ministres, elle envoya plusieurs
placets ; on lui répondit « qu'on mettrait sa demande sous les yeux du roi. » Deux ans se passèrent sans qu'elle vît ses espérances se réaliser.
Enfin, ayant renouvelé ses sollicitations, elle reçut
un refus formel ; il ne lui fut plus possible de s'a-
veugler sur son sort. Sa situation était déplorable ;
depuis deux ans elle avait été obligée de vendre
successivement pour vivre son argenterie et une
partie de ses meubles ; il ne lui restait aucune ressource. Son goût pour la solitude, sa piété solide
et sa mauvaise santé l'avaient toujours tenue éloi-
gnée de la société, et particulièrement depuis la
mort de son mari. Elle se trouvait donc sans appui, sans amis, sans espérance, dénuée de tout,
plongée dans la plus affreuse misère, et, pour
comble de maux, elle avait cinquante ans et une
santé délabrée. Dans cette extrémité elle eut recours au véritable dispensateur des consolations
et des grâces, à celui qui pouvait changer son sort
ou lui donner le courage d'en supporter patiem-
ment la rigueur ; elle se jeta à genoux et pria Dieu
avec confiance ; s'élevant bientôt au-dessus d'elle-

même, elle sentit le calme renaître dans son âme
et envisagea d'un œil ferme tout ce que son état
avait d'affreux. « Eh bien ! dit-elle, puisqu'il faut
un jour la perdre, cette existence fragile, qu'importe qu'elle soit anéantie par le dernier terme de
la misère ou par une maladie ? qu'importe de mourir sous un dais ou sur de la paille ! Ma mort en
sera-t-elle plus douloureuse, parce que je n'aurai
rien à regretter sur la terre ? Non, sans doute ; au
contraire, je n'aurai besoin ni d'exhortation ni de
courage ; je n'aurai point de sacrifice à faire :
abandonnée de tout le monde, je ne penserai qu'à
celui qui régit l'univers ; je le verrai prêt à me
recevoir, à me récompenser, et j'attendrai la mort,
le plus précieux de ses bienfaits.... »

Quel courage ! direz-vous, mes enfants ; est-il
possible de mourir sans regretter un peu la vie ?
Mais songez que Mme de Varonne n'avait point
d'enfants, qu'elle n'avait plus ni père ni mari, et
qu'il ne lui restait aucune affection en ce monde.
D'ailleurs, la religion peut donner cette sublime
résignation, et je vous ai déjà dit que Mme de
Varonne avait une piété solide.

Comme elle réfléchissait sur sa destinée, Ambroise, son domestique, entra. Il est nécessaire de
vous faire connaître cet Ambroise. C'était un
homme de quarante ans, qui depuis vingt années

servait Mme de Varonne; ne sachant ni lire ni
écrire, brusque, taciturne, grondeur, il avait toujours eu l'air de mépriser ses camarades, de bou-
der ses maîtres; sa mine constamment refrognée,
son humeur chagrine rendaient son service peu
agréable. Cependant son exactitude, sa bonne conduite l'avaient toujours fait regarder comme un
excellent sujet et un domestique précieux. On ne
lui connaissait que les qualités essentielles, et
pourtant il possédait des vertus sublimes; sous un
extérieur si grossier, il cachait l'âme la plus sensible et la plus élevée.

Mme de Varonne, quelque temps après la mort
de son mari, avait renvoyé les gens attachés à son
service, et n'avait gardé qu'une cuisinière, une
servante et Ambroise. Enfin elle se voyait contrainte de congédier encore ces trois domestiques.
Ambroise, comme je vous le disais, entra: on était
en hiver; il tenait une bûche et allait la mettre au
feu lorsque Mme de Varonne lui dit: « Ambroise,
il faut que je vous parle. »

Le ton ému avec lequel Mme de Varonne pro-
nonça ces mots frappa Ambroise; posant sa bûche
sur le plancher, et regardant sa maîtresse: « Mon
Dieu! ma lame, dit-il, qu'est-ce qu'il y a? — Ambroise, savez-vous ce que je dois à la cuisinière?
— Vous ne lui devez rien, madame, ni à moi, ni

à Marie, vous avez payé le mois hier.... — Ah
tant mieux : je ne m'en souvenais pas. Eh bien !
Ambroise, je vous charge de dire à la cuisinière
et à Marie que je n'ai plus besoin de leurs services.... Et vous-même, mon cher Ambroise, il
faut que vous cherchiez une autre condition. —
Une autre condition !... Que voulez-vous dire ? Je
veux mourir à votre service ; je ne vous quitterai
point, quoi qu'il arrive.... — Ambroise, vous ne
connaissez pas ma situation. — Madame, vous ne
connaissez pas Ambroise.... Eh bien! si l'on vous
retranche de votre pension et que vous n'ayez pas
le moyen de payer vos gens, renvoyez les autres,
à la bonne heure ; mais moi, je n'ai pas mérité
d'être chassé avec eux. Je n'ai point l'âme merce-
naire, madame.... — Mais, Ambroise, je suis ruinée, entièrement ruinée. Tout ce que je possédais,
je l'ai vendu, et l'on m'ôte ma pension.... — On
vous ôte votre pension ?... ça ne se peut pas. —
Rien n'est plus vrai cependant. — Ah ! bon Dieu !
— Il faut respecter, adorer les décrets de la Providence et s'y soumettre sans murmure, mon bon
Ambroise. Pourtant, dans mon malheur, j'éprouve
une grande consolation, c'est de me sentir parfaitement résignée. Tant d'êtres sur la terre, tant de
familles vertueuses se trouvent dans la situation
où je suis !... Moi, du moins, je n'ai point d'en-

fants ; je souffrirai seule : c'est peu souffrir.... — Non, non, s'écria Ambroise d'une voix entrecoupée, non, vous ne souffrirez pas. J'ai des bras, je sais travailler.... — Mon cher Ambroise, interrompit Mme de Varonne attendrie, je n'ai jamais douté de votre attachement.... Je n'en abuserai point. Voici seulement ce que j'en attends : c'est que vous alliez me louer une petite chambre à un cinquième étage. J'ai encore quelque argent, il me suffira pour deux ou trois mois. Je travaillerai, je coudrai. Cherchez-moi dans Saint-Germain quelques pratiques : voilà tout ce que je vous demande, et tout ce que vous pourrez faire pour moi. »

Ambroise était resté immobile devant sa maîtresse, la considérant en silence ; lorsqu'elle eut fini de parler, il tomba à ses pieds. « Ah! ma respectable maîtresse, s'écria-t-il, recevez le serment du pauvre Ambroise ; je m'engage à vous servir jusqu'à la fin de ma vie!... et de meilleur cœur, avec plus de respect et d'obéissance que je n'ai jamais fait. Depuis vingt ans je suis nourri, habillé chez vous ; vous me faites vivre, vous me rendez la vie heureuse. J'ai bien souvent mésusé de votre bonté et de votre patience. Ah! madame, pardonnez-moi toutes les fautes que m'a fait commettre envers vous mon mauvais caractère. Je les

réparerai, soyez-en sûre ; je ne demande des jours
au bon Dieu que pour cela. »

En achevant ces mots, Ambroise, tout en larmes, se releva et sortit précipitamment, sans attendre de réponse.

Vous jugez facilement de quelle vive et profonde reconnaissance le cœur de Mme de Varonne
dut être pénétré. Au bout de quelques minutes,
Ambroise revint; il tenait un petit sac de peau, et
le posant sur la cheminée : « Grâce à Dieu, dit-il,
grâce à vous, madame, et à défunt monsieur, il y
a là dedans trente louis. Cet argent vient de vous,
il vous appartient.... — Ambroise ! le fruit de vos
épargnes durant vingt ans !... je ne puis accepter.... — Quand vous aviez de l'argent, vous m'en
donniez. Quand vous n'en avez plus, je vous le
rends. L'argent n'est bon qu'à cela. Je sais bien
que cette petite somme ne peut pas tirer madame
d'embarras; mais voici comme je compte m'ar-
ranger. Il faut que madame se souvienne que je
suis le fils d'un chaudronnier, et que je n'ai pas
oublié mon premier métier; car, dans mes moments perdus, et quelquefois quand madame me
permettait de sortir, j'allais chez Nicault, un de
mes pays, qui est chaudronnier, et je travaillais
chez lui pour me distraire. Eh bien ! à présent je
travaillerai sérieusement, et avec quel courage!...

— Ah! c'en est trop, s'écria Mme de Varonne ;
vertueux Ambroise, dans quel état indigne de vous
le sort vous a-t-il placé !... — J'en suis content,
reprit Ambroise, si madame peut s'accoutumer à
son changement de situation. — Votre attachement, Ambroise, doit me consoler de tout. Mais

vous voir souffrir pour moi ! — Souffrir en tra-
vaillant, et quand ce travail vous sera utile ! De
pareilles souffrances me rendront heureux. Dès
demain je me mets à l'ouvrage. Nicault, qui est
un brave homme, ne m'en laissera pas manquer.
Il est accrédité dans Saint-Germain ; il a juste-

ment besoin d'un bon compagnon ; je suis fort,
je ferai bien l'ouvrage de deux, et tout ira pour le
mieux. »

Mme de Varonne, ne trouvant pas d'expression
pour témoigner son admiration, levait les yeux au
ciel, et ne répondait que par des pleurs.

Le lendemain, la cuisinière et la servante furent
congédiées. Ambroise loua dans Saint-Germain
une petite chambre bien propre, bien claire, à un
troisième étage, la meubla du peu de meubles
qui restaient à sa maîtresse, et y conduisit Mme de
Varonne. Elle y trouva un bon lit, un grand fauteuil bien commode, une petite table avec une
écritoire et du papier, au-dessus de laquelle ses
livres étaient rangés sur cinq ou six planches ;
une grande armoire qui contenait son linge, ses
robes, et une provision de fil pour travailler ; un
couvert d'argent, car Ambroise ne voulait pas
qu'elle mangeât dans de l'étain, et la bourse de peau
qui contenait les trente louis. Dans un coin de la
chambre, derrière un rideau, était cachée la petite vaisselle de terre qui devait servir à la cuisine
de Mme de Varonne. « Voilà, dit Ambroise, tout
ce que j'ai pu trouver de mieux pour le prix que
madame voulait mettre à son loyer. Il n'y a
qu'une chambre ; mais la servante couchera sur
un matelas roulé sous le lit de madame.... — Com-

ment! la servante? interrompit Mme de Varonne.
— Pardi, madame peut-elle se passer d'une servante pour faire son pot-au-feu, ses commissions,
pour la déshabiller?... — Mais, mon cher Ambroise!... — Oh! cette servante-là ne vous coûtera pas cher : c'est une enfant de treize ans : vous
ne lui donnerez point de gages, et elle vivra des
restes de madame. Pour ce qui est de moi, j'ai
fait mon arrangement avec Nicault. Je lui ai dit
que j'avais été compris dans la réforme que madame a été forcée de faire; que j'étais dans le besoin, et ne demandais pas mieux que de travailler.
Nicault, qui est riche, et de plus un brave homme,
me couchera chez lui : c'est à deux pas d'ici;
il me nourrira et me donnera vingt sous par
jour. La vie est à bon marché à Saint-Germain :
ainsi avec vingt sous par jour madame pourra
vivre tout doucement, d'autant qu'elle a quelques
provisions et un peu d'argent comptant. Je n'ai
pas voulu dire tout cela devant la petite Suzanne,
votre nouvelle servante. A présent je vais vous la
chercher. »

Ambroise sortit aussitôt, et revint un moment
après, tenant par la main une jolie petite fille,
qu'il présenta à Mme de Varonne : « Voici la jeune
fille dont j'ai eu l'honneur de parler à madame.
Son père et sa mère sont pauvres, mais laborieux;

ils ont six enfants, et madame fera une très-bonne
action en prenant celle-ci à son service. »

Après ce préambule, Ambroise, d'un ton sévère, exhorta Suzanne à se bien conduire ; ensuite
il prit congé de Mme de Varonne, et s'en alla chez
son ami Nicault.

CARBONNEAU.

Qui pourrait dire tout ce qui se passait au fond
de l'âme de Mme de Varonne? Elle était pénétrée
de reconnaissance et d'admiration, et ne revenait
pas de la surprise que lui causait le changement
subit dans les manières et dans l'humeur d'Ambroise ; cet homme, toujours si brusque, si grossier, ne paraissait plus être le même ; depuis qu'il

était devenu son bienfaiteur, il n'était pas recon-
naissable : il joignait les égards aux procédés, la
délicatesse à l'héroïsme, et son cœur lui avait appris en un moment tout ce qu'on doit de ménagement et de respect aux infortunés. On voyait qu'il
sentait combien sont sacrées les obligations que
nous imposent nos propres bienfaits, et que l'on
n'est pas véritablement généreux si l'on humilie,
ou seulement si l'on embarrasse le malheureux
que l'on secourt.

Le lendemain du jour où Mme de Varonne prit
possession de son nouveau domicile, elle ne vit
pas Ambroise de la journée, parce qu'il travaillait ; mais il vint le soir un moment, et pria
Mme de Varonne de donner une commission à
Suzanne ; quand il se trouva seul avec sa maîtresse, il tira de sa poche vingt sous enveloppés
dans du papier, et les posant sur la table · « Voilà,
dit-il, ma journée. »

Alors, sans attendre de réponse, il appela Suzanne, et retourna chez Niçault. Après un semblable emploi de sa journée, que le sommeil doit
être paisible et le réveil doux! Par ce que nous
éprouvons en faisant une bonne action, jugeons
de la satisfaction inexprimable que procure une
action héroïque.

Ambroise, fidèle aux devoirs qu'il s'était impo-

sés, venait tous les jours faire une visite à Mme de
Varonne, et déposer chez elle le fruit du travail de
sa journée; il ne se réservait, au bout de chaque
mois, que l'argent nécessaire pour payer son blan-
chissage; et celui qu'il dépensait le dimanche pour
boire quelques bouteilles de bière, il le demandait
à Mme de Varonne et le recevait comme un don.

En vain Mme de Varonne, affligée de dépouiller
ainsi le généreux Ambroise, voulait lui persuader
qu'elle pourrait vivre en lui coûtant moins; Ambroise alors ne l'écoutait pas, ou paraissait l'entendre avec tant de peine, qu'elle était bientôt
forcée de se taire.

Dans l'espoir d'engager Ambroise à se procurer
un peu plus d'aisance, Mme de Varonne, de son
côté, se livrait presque sans relâche à des travaux
d'aiguille : Suzanne l'aidait et allait vendre son ouvrage; mais quand Mme de Varonne parlait à Ambroise du profit qu'elle retirait de son travail,
il répondait simplement *tant mieux*, et parlait
d'autre chose. Le temps n'apporta nul changement dans sa conduite; durant quatre ans entiers
on ne le vit jamais se démentir un seul instant.

Enfin le moment approchait où Mme de Varonne
devait ressentir le chagrin le plus déchirant pour
son cœur. Un soir qu'elle attendait Ambroise
comme à l'ordinaire, elle vit entrer dans sa cham-

bre la servante de Nicault, qui vint lui dire qu'Ambroise était malade, qu'il avait été forcé de se mettre au lit. A cette nouvelle, Mme de Varonne pria la servante de la conduire sur-le-champ chez Nicault, et en même temps elle ordonna à Suzanne d'aller chercher un médecin. Mme de Varonne, en arrivant chez Nicault, causa beaucoup de surprise à ce dernier, qui ne l'avait jamais vue. Elle lui dit qu'elle voulait aller dans la chambre d'Ambroise. « Mais, madame, reprit Nicault, c'est impossible.... — Comment? — Il faut monter une échelle pour arriver à ce grenier.... — Une échelle!... Ah! pauvre Ambroise!... Je vous en prie, conduisez-moi.... — Mais, madame, encore une fois, vous risquerez de vous rompre le cou; et puis, vous ne pourrez vous tenir debout chez Ambroise : il est niché dans un si vilain trou! »

A ces mots, Mme de Varonne eut peine à retenir ses pleurs; et, priant de nouveau Nicault de la guider, elle arriva au bas d'une petite échelle, qu'elle monta difficilement, et qui la conduisit à un grenier où elle trouva Ambroise couché sur une paillasse. « Mon cher Ambroise, s'écria-t-elle en le voyant, dans quel état je vous trouve! Et vous disiez que votre logement vous plaisait, que vous étiez bien!... »

Ambroise n'était pas en état de répondre à

Elle trouva Ambroise couché sur une paillasse. (Page 64.)

Mme de Varonne; depuis près d'une heure il
n'avait plus sa tête : Mme de Varonne s'en apercevant bientôt, se livra à toute sa douleur. Enfin,
Suzanne revint avec un médecin : ce dernier, en
entrant dans le galetas d'Ambroise, fut étrange-
ment surpris de voir auprès de la paillasse d'un
pauvre garçon chaudronnier une dame décemment
mise, dont l'air distingué annonçait la naissance,
et qui paraissait accablée de désespoir. Il s'approcha du malade, l'examina attentivement, et dit
qu'on l'avait appelé trop tard. Jugez de l'état de
Mme de Varonne, lorsqu'elle entendit prononcer
ce funeste arrêt. « Aussi, dit Nicault, c'est sa faute,
à ce pauvre Ambroise : il y a plus de huit jours
qu'il est malade et que je voulais l'empêcher de
travailler; mais il allait toujours son train. Il ne
s'est alité que ce matin, encore nous avons eu bien
de la peine à le décider. Pour entrer chez nous,
il s'était chargé de plus d'ouvrage qu'il n'en pouvait faire; il s'est tué à force de travailler. »

Chaque mot de Nicault était un trait mortel pour
la malheureuse Mme de Varonne. Elle s'avança
vers le médecin, et, les mains jointes, elle le conjura de ne pas abandonner Ambroise. Le médecin
avait de l'humanité; d'ailleurs, sa curiosité était
vivement excitée : il promit de passer une partie
de la nuit auprès d'Ambroise. Mme de Varonne

envoya chercher chez elle des matelas, des cou-
vertures, du linge : dès qu'elle eut préparé avec
Suzanne un lit pour Ambroise, le médecin et
Nicault l'y posèrent doucement; alors Mme de Varonne se jeta sur une escabelle de bois, et donna
un libre cours à ses pleurs. Sur les quatre heures
du matin, le médecin se retira, après avoir soigné
le malade et promis de revenir à midi. Vous
pensez bien que Mme de Varonne ne quitta pas
Ambroise un moment; elle passa quarante-huit
heures à son chevet sans recevoir du médecin la
plus légère espérance; enfin, le troisième jour, il
annonça qu'il croyait entrevoir du mieux, et le
soir même il déclara qu'il répondait de la vie
d'Ambroise.

Je ne vous peindrai point la joie, les transports
de Mme de Varonne en voyant Ambroise hors de
danger; elle voulait le veiller encore la nuit suivante ; mais Ambroise, qui avait recouvré sa connaissance, ne voulut pas y consentir. Elle s'en
retourna accablée de fatigue. Le médecin se présenta le lendemain chez elle ; il lui témoigna tant
d'intérêt, il paraissait si touché des soins qu'elle
avait eus pour Ambroise, que Mme de Varonne
ne put se défendre de répondre à ses questions.
Elle satisfit sa curiosité, et lui conta son histoire.
Trois jours après cette confidence, le médecin, qui

n'habitait pas ordinairement Saint-Germain, fut
obligé de retourner à Paris; il partit précipitamment, laissant Ambroise en convalescence.

Cependant Mme de Varonne se trouvait dans
une situation critique; en huit jours elle avait dépensé pour Ambroise le peu d'argent qu'elle possédait : elle en avait assez pour vivre encore quatre
ou cinq jours; mais alors Ambroise ne serait pas
en état de se remettre à l'ouvrage, et elle frémis-
sait en songeant que la nécessité le contraindrait
à travailler, au risque de retomber malade. Elle
sentit l'horreur de sa situation, et se reprocha
amèrement d'avoir accepté les secours du généreux Ambroise. « Sans moi, disait-elle, il serait
heureux, son travail aurait pu lui procurer une
honnête subsistance; son attachement pour moi
lui a ravi son bonheur.... et peut lui coûter la
vie!... et moi, je mourrai sans m'acquitter.... M'acquitter!... et quand il me serait possible de disposer à mon gré des événements, pourrais-je m'acquitter jamais? Dieu seul la saurait payer, cette
dette sacrée! Dieu seul peut récompenser digne-
ment une vertu si sublime!... »

Un soir que Mme de Varonne était profondément absorbée dans ses douloureuses réflexions,
Suzanne, tout essoufflée, entra dans sa chambre,
et lui dit qu'une belle dame demandait à la voir.

« Elle se trompe sûrement, répondit Mme de Varonne. — Non, non, elle a dit comme ça : « Mme de
« Varonne, qui demeure ici, chez M. Daviet, au
« troisième étage sur la cour? » Elle disait cela de
sa voiture, une voiture avec quatre beaux chevaux.
Moi, j'étais sur le pas de la porte. « Madame, ai-je
fait, c'est ici. — Voulez-vous bien aller dire à Mme de
Varonne que je lui demande en grâce de m'accorder un moment d'entretien? — Là-dessus j'ai pris
mes jambes à mon cou.... »

En ce moment on entendit frapper doucement
à la porte; Mme de Varonne se leva avec une
extrême émotion pour aller ouvrir : une dame
parfaitement belle se présenta d'un air timide et
attendri. Mme de Varonne renvoya Suzanne. « Je
suis charmée, madame, lui dit l'inconnue, de vous
annoncer que le roi vient enfin d'être informé de
votre situation, et qu'il a bien voulu réparer les
injustices de la fortune envers vous.... — Oh! Ambroise!... s'écria Mme de Varonne, en joignant les
mains et les élevant avec l'expression de la reconnaissance la plus vive!... »

A cette exclamation, l'inconnue ne put retenir
ses larmes; elle s'approcha de Mme de Varonne, et
lui prenant affectueusement les mains : « Venez,
madame, lui dit-elle, venez dans le nouveau logement qui vous est préparé! — Ah! madame, in-

terrompit Mme de Varonne, comment vous exprimer.... Mais si j'osais.... je vous demanderais la
permission.... Madame, j'ai un bienfaiteur, daignez souffrir qu'avant tout j'aille l'instruire.... —
Vous avez toute liberté, reprit l'inconnue ; dans la
crainte de vous gêner, je ne vous demanderai pas
à vous accompagner jusqu'à votre maison, j'irai
de mon côté ; mais je veux vous conduire à votre
voiture, qui vous attend à la porte.... — Ma voiture !... — Oui, madame, ne perdons plus de
temps, venez. »

En disant ces mots, l'inconnue, donnant le bras
à Mme de Varonne, qui pouvait à peine se soutenir sur ses jambes, descendit avec elle. Arrivée
près de la porte, l'inconnue dit à un laquais qui
l'attendait : « Appelez les gens de Mme de Varonne. »

Cette dernière croyait rêver. Son étonnement
s'accrut encore en voyant un laquais vêtu de gris
faire approcher une voiture simple et commode.
La dame inconnue fit ouvrir la portière du carrosse, y fit entrer Mme de Varonne, et la quitta
pour aller rejoindre sa voiture. Le nouveau laquais
de Mme de Varonne lui demanda ses ordres ; il fut
prié bien poliment, et avec une voix tremblante,
de prendre le chemin de la maison de M. Nicault
le chaudronnier. Concevez-vous, mes enfants, la

vive émotion, le battement de cœur que la vue de
cette maison dut causer à Mme de Varonne?... Elle
tira le cordon, et ouvrit elle-même la portière ; et,
s'appuyant sur le bras de son laquais, elle entra
dans la boutique de Nicault. La première personne
qu'elle aperçut, ce fut Ambroise lui-même dans
ses habits de travail ; Ambroise, à peine convales-
cent, mais qui, malgré sa faiblesse, avait voulu
essayer de se remettre à l'ouvrage. En le voyant,
Mme de Varonne éprouva un attendrissement
d'une douceur inexprimable. Il travaillait pour
elle, et elle venait l'arracher pour toujours à ces
travaux pénibles, à la misère, à la fatigue. Elle
goûtait dans toute sa pureté tout le bonheur que
peut procurer la reconnaissance la plus profonde.
« O mon cher Ambroise! s'écria-t-elle avec transport, venez, suivez-moi.... quittez ces travaux; vous
ne les reprendrez plus ; votre sort est changé....
Venez, ne différez pas davantage. »

Ambroise, frappé d'étonnement, demandait en
vain des explications ; il voulait du moins obtenir
le temps nécessaire pour s'habiller et se revêtir de
ses habits des dimanches ; mais Mme de Varonne
n'était pas en état de l'écouter ni de lui répondre.
Elle l'entraîna avec elle, et le força de monter dans
sa voiture. « Madame veut-elle aller dans sa nouvelle maison? » demanda son laquais. Mme de Va-

ronne tressaillit à ces mots. « Oui, répondit-elle
en regardant Ambroise, menez-nous dans *notre
maison.* »

Pendant le chemin, Mme de Varonne instruisit
Ambroise de la visite de la dame inconnue. Ambroise l'écoutait avec une joie mêlée de crainte et
de doute, il osait à peine croire à un bonheur si
extraordinaire, si inespéré. Enfin, la voiture s'arrêta à la porte d'une jolie petite maison dans la
forêt de Saint-Germain. Mme de Varonne et Ambroise descendirent et entrèrent dans un salon
où les attendait la dame inconnue. Cette dernière
s'avançant vers Mme de Varonne, et lui présentant un papier : « Voici, madame, lui dit-elle, ce
que le roi a daigné me charger de vous remettre ;
c'est le brevet d'une pension de dix mille livres,
et de plus la liberté d'assurer la moitié de cette
pension à la personne que vous voudrez désigner.... — Cette personne, la voici ! s'écria Mme de
Varonne. Voilà l'homme vertueux et sublime,
digne de votre protection et des grâces de notre
souverain. »

A ces mots, Ambroise, qui jusque-là s'était
tenu caché derrière sa maîtresse, sentit augmenter
son embarras ; il fit quelques pas en arrière, en
ôtant son bonnet. Malgré l'excès de sa joie, il
éprouvait une confusion pénible de s'entendre

louer de la sorte ; d'ailleurs , il était honteux de
paraître devant la dame inconnue sans perruque,
avec son tablier de cuir et sa veste sale ; et il re-
grettait un peu son habit des dimanches.... L'inconnue s'approcha de lui : « Ambroise, lui dit-elle,
laissez-moi vous regarder un moment.... — Mon
Dieu ! madame, reprit Ambroise en baissant la tête
et en tournant son bonnet dans ses mains, je n'ai
rien fait que de bien naturel : il n'y a pas là de
quoi s'étonner. »

Mme de Varonne l'interrompit pour raconter
tout ce qu'elle devait à Ambroise. L'inconnue, vivement attendrie, soupira, et levant les yeux au
ciel : « Enfin, dit-elle, après avoir vu tant d'in-
grats, j'ai le bonheur de découvrir deux cœurs
vraiment sensibles et reconnaissants !.... Adieu,
madame : cette maison et les meubles qu'elle contient vous appartiennent, et dans un moment vous
allez toucher le premier quartier de votre pension. »

En achevant ces mots, l'inconnue fit quelques
pas vers la porte. Mme de Varonne courut à elle,
et, le visage baigné de larmes, se précipita à ses
genoux. L'inconnue la releva, l'embrassa affectueusement et sortit. Au même moment on vint
annoncer le médecin auquel Ambroise devait la
vie....

Après lui avoir témoigné toute la reconnaissance dont elle était pénétrée, Mme de Varonne le questionna, et le médecin lui apprit que l'inconnue se nommait Mme de P...., qu'elle habitait Versailles, où elle avait un grand crédit. « Depuis dix ans, continua-t-il, je suis son médecin : je connaissais sa bienfaisance, j'étais certain de l'intéresser vivement en lui contant votre histoire. En effet, aussitôt qu'elle en a su les détails, elle a fait l'acquisition de cette petite maison, et obtenu du roi la pension dont elle vous a donné le brevet. »

Comme le médecin achevait ce récit, un laquais entra et dit à Mme de Varonne qu'elle était servie. Elle retint le médecin à souper, et, s'appuyant sur le bras d'Ambroise, elle passa dans la salle à manger. Ambroise fut invité à s'asseoir à côté d'elle, mais il s'en défendit, en disant qu'il n'était pas fait pour se mettre à table avec elle : « Eh quoi ! reprit-elle, mon bienfaiteur et mon ami n'est-il pas mon égal ? »

Le modeste, le généreux Ambroise obéit, et Mme de Varonne, placée entre lui et le médecin, goûta dans cette heureuse soirée un bonheur inexprimable.

Vous jugez bien qu'Ambroise, le lendemain, grâce à Mme de Varonne, eut des habits convena-

bles à sa nouvelle fortune ; que son appartement
fut meublé, arrangé avec autant de recherche que
de soin ; que Mme de Varonne partagea toujours
avec lui tout ce qu'elle possédait, et qu'enfin, elle
ne reçut jamais d'argent sans se rappeler avec un

profond attendrissement ce temps où le fidèle
Ambroise lui apportait ses vingt sous en lui
disant :

Voilà ma journée.

Cette histoire, mes enfants, prouve qu'il n'est
point de classe, point d'état où l'on ne puisse ren-

contrer des vertus héroïques. Il est bien rare
qu'une belle action reste longtemps secrète et
n'obtienne pas une éclatante récompense.

ÉGLANTINE

OU L'INDOLENTE CORRIGÉE

ÉGLANTINE

OU L'INDOLENTE CORRIGÉE.

Doralice, femme d'un financier, jouissait d'une fortune considérable; mais elle avait trop d'esprit et un trop bon cœur pour aimer le faste et vouloir se distinguer par une vaine magnificence. Elle savait que le luxe, toujours condamnable, est véritablement ridicule dans les personnes que leur état dispense de toute représentation. Elle n'avait

6

point de diamants; elle habitait une maison aussi
simple que commode, et ne donnait point de fêtes,
mais elle faisait de bonnes actions , et sa fortune,
loin de l'exposer à l'envie des sots, au mépris des
gens raisonnables, lui attirait les bénédictions des
infortunés et l'estime générale. Rien chez elle
n'annonçait l'ostentation ni le puéril désir de
briller. Quoiqu'elle sût se suffire à elle-même, elle
aimait la société. Afin de s'en former une véritablement agréable, elle n'avait donné la préférence
exclusive à aucune classe sur une autre ; mais elle
s'était décidée à recevoir toutes les personnes dis-
tinguées par les qualités du cœur et les agréments
de l'esprit, de quelque condition qu'elles fussent.
Doralice n'avait qu'une fille : cette enfant, âgée de
six ans, annonçait un bon cœur ; elle était douce,
obéissante, sincère ; elle ne manquait pas de mémoire ni d'intelligence ; mais elle était excessivement indolente, n'avait nulle activité, aucune
application, et faisait tout avec lenteur et nonchalance.

L'indolence, vous le savez, est une certaine lâ-
cheté qui donne du dégoût pour tout ce qui pourrait fatiguer le moins du monde ou l'esprit ou le
corps. Avec cette disposition, on ne veut ni courir,
ni sauter, ni danser, ni jouer au volant, parce que
ces amusements sont fatigants. Par la même raison

on n'aime point l'étude, parce qu'on ne veut point prendre la peine de s'appliquer. On ne réfléchit point, on ne pense à rien, et l'on végète au lieu de vivre. Tel était l'état d'Églantine, la fille de Doralice. Sa gouvernante se plaignait sans cesse de son peu de soin. En effet, on trouvait dans tous les coins de la maison les mouchoirs, les ciseaux, les poupées d'Églantine. Rien ne lui répugnait comme de serrer les choses à son usage : tout était en désordre dans sa chambre, et de la malpropreté la plus dégoûtante. Obligée de passer une partie du jour à chercher ses livres, son ouvrage, ses joujoux, Églantine perdait dans cette désagréable occupation un temps précieux qu'elle eût pu employer utilement, ou du moins consacrer à ses plaisirs.

Tous les matins il fallait la gronder pour la décider à quitter son lit. Ensuite nouveaux sermons sur l'engourdissement qu'elle conservait régulièrement plus d'une heure après son réveil, et qui se manifestait par des bâillements redoublés; sur la longueur excessive de son déjeuner. A la promenade, les remontrances recommençaient, parce qu'Églantine voulait s'asseoir au lieu de marcher, qu'elle se plaignait du froid ou du chaud. Les leçons ne se passaient pas mieux : Églantine n'en prenait guère sans pleurer ou sans en avoir envie.

Pendant les récréations, il fallait chercher les joujoux égarés ou perdus, et s'entendre gronder encore à ce sujet.

Doralice avait tous les talents nécessaires à une excellente institutrice, mais elle manquait d'expérience; l'éducation d'Églantine était la première à laquelle elle eût présidé. En toutes choses, il faut payer son apprentissage par des fautes : et dans cette occasion elle en fit une grande. Elle ne prévit pas toutes les conséquences fâcheuses qui pouvaient résulter du défaut dominant de sa fille (défaut, à la vérité, le plus difficile à détruire). Elle se flatta que l'âge et la raison donneraient insensiblement à Églantine l'activité dont elle était dépourvue; elle se contenta de la gronder de temps en temps au lieu de la punir, et elle ne reconnut son erreur que lorsqu'il était trop tard pour y remédier.

Cependant, voyant la négligence d'Églantine s'augmenter de jour en jour, elle imagina de faire un journal dans lequel elle inscrivit chaque soir tous les objets qu'Églantine avait perdus dans la journée, avec le prix qu'ils avaient coûté. Dans cette liste figurèrent les livres déchirés ou dépareillés, les joujoux brisés, les robes neuves tachées et gâtées de manière à ne pouvoir plus être portées, les morceaux de pain jetés dans tous les coins du jardin, les bijoux cassés, le papier, les plumes et les crayons employés en pure perte. En y joignant les objets perdus, Doralice constata, en un seul mois, une dépense de quatre-vingt-dix-neuf francs.

Au bout d'un an, Doralice montra à sa fille le compte de tout ce qu'elle avait perdu ou dissipé dans le cours de l'année ; ce compte montait à plus de douze cents francs. Églantine, qui n'avait alors que sept ans, fut très-indifférente à ce calcul. Sa mère, espérant qu'elle en serait plus rappée lorsqu'elle connaîtrait la valeur de l'argent, continua toujours son journal avec la même exactitude : elle fut aidée dans ce travail par la gouvernante d'Églantine, qui, chaque soir, donnait à Doralice, sur une feuille volante, le détail des prodigalités dont elle avait été témoin. Doralice mettait toutes ces feuilles dans une cassette, sans les joindre au journal qu'elle écrivait de son côté ; bientôt les mémoires de la gouvernante devinrent si nombreux, qu'il aurait fallu beaucoup de temps pour en faire le relevé. Alors Doralice se décida à n'en faire le relevé que lorsque Églantine aurait atteint un âge raisonnable.

Le journal de Doralice prouvait de plus en plus que l'indolence de sa fille ne faisait qu'augmenter au lieu de diminuer. Églantine allait souvent se

promener au bois de Boulogne; elle y perdit, en
quatre mois, là valeur de mille ou douze cents
francs de bijoux : tantôt c'était une bague, tantôt
un flacon ; une autre fois, un médaillon, sans
compter les mouchoirs et les gants oubliés sur
les chaises. En outre, il ne se passait pas de semaines qu'elle ne brisât un éventail, qu'elle ne
cassât le grand ressort ou le verre de sa montre,
et il fallait payer sans cesse des mémoires d'horloger. L'hiver, la dépense était encore plus forte.
Églantine, comme toutes les personnes indolentes,
était extrêmement frileuse : elle était toujours
dans les cendres, elle y laissait tomber ce qu'elle
tenait ; elle brûlait ses robes, ses fourrures ; on
était obligé de renouveler sa garde-robe tous les
mois. En outre, quand ses maîtres venaient, elle
avait presque toujours une migraine qui ne lui
permettait pas de prendre ses leçons. On donnait
un cachet au maître et on le renvoyait....

Cependant Églantine commençait à sortir de
l'enfance : elle touchait à sa dixième année. Sa
mère lui donna de nouveaux maîtres. Fatiguée du
piano, et n'y faisant aucun progrès, Églantine
avoua enfin qu'elle avait un dégoût invincible
pour cet instrument, et témoigna l'envie d'apprendre la harpe. Doralice lui permit d'abandonner le piano, quoiqu'elle en jouât depuis l'âge de

cinq ans, et on lui donna un maître de harpe. En
même temps Doralice releva et porta sur son journal une dépense d'environ huit mille francs, pour
frais de musique, de cachets, entretien du
piano, etc. Églantine n'apprit la harpe qu'une
année ; son maître, rebuté de son peu d'application, la quitta. Alors elle essaya de jouer de la
guitare, avec aussi peu de succès. Enfin la guitare
fut abandonnée comme le piano et la harpe.

Églantine avait encore d'autres maîtres. Elle
apprenait le dessin, la géographie, l'anglais, l'italien ; elle avait un maître de danse, un maître de
chant, un maître d'écriture ; c'était une dépense
d'environ mille francs par mois. L'indolente Églan
tine n'en était pas plus savante, et la dépense qu'elle
occasionnait n'avait plus de bornes. Tous les deux
ou trois mois, sa musique, ses livres, ses cartes de
géographie étaient déchirés, il fallait en acheter
d'autres ; elle n'avait aucun soin de sa harpe, et la
laissait à l'humidité devant les fenêtres ouvertes ;
on était obligé de la remonter presque tous les
jours; elle dépensait en cordes de harpe, en crayons,
en papier, quatre fois plus que ne l'aurait fait une
personne soigneuse.

Son excessive indolence lui rendait insupportable toute espèce de sujétion. Elle était si peu soigneuse, qu'en deux ans on avait été forcé de

renouveler deux fois les meubles de son appartement; elle se décoiffait sur tous les fauteuils de sa chambre, et ne manquait jamais de laisser tomber à terre toutes ses épingles; ses robes étaient toujours couvertes de taches d'encre ou de cire; elle passait un temps incroyable à sa toilette, car elle ne faisait rien qu'avec une extrême lenteur; elle était en même temps d'une négligence impardonnable dans sa mise; elle regardait sans voir, agissait sans penser, et ne montrait aucune grâce, aucun goût. N'ayant jamais voulu s'assujettir à mettre des gants, elle avait les mains rudes et rouges, elle marchait de la manière la plus désagréable, habituée qu'elle était de porter constamment ses souliers en pantoufles.

Telle était Églantine à seize ans. Doralice s'était plu à lui former une jolie bibliothèque, dans l'espoir qu'elle prendrait du goût pour la lecture. Pour obéir à sa mère, Églantine lisait à sa toilette, et dans l'après-midi; c'est-à-dire qu'elle se bornait à tenir un livre, car elle lisait avec si peu d'attention, qu'il lui était impossible d'acquérir la plus légère instruction; aussi à seize ans était-elle d'une ignorance d'autant plus inexcusable, qu'on n'avait rien épargné pour son éducation; elle n'avait aucune notion d'histoire, de géographie, ni même d'orthographe; elle était également hors d'état de faire un extrait ou d'écrire une lettre; et, quoiqu'elle eût appris dix ans l'arithmétique, il n'y avait guère d'enfants de huit ans qui ne comptassent mieux qu'elle.

Vers ce temps, un jeune homme, nommé le vicomte d'Arzelle, se fit présenter chez Doralice; il avait vingt-trois ans; aussi distingué par son esprit, ses vertus, sa réputation, que par sa naissance, il possédait une belle fortune et des agréments personnels. Il paraissait avoir le plus vif désir de plaire à Doralice et d'obtenir son amitié; il appréciait sa simplicité, sa douceur, son égalité parfaite, et ne se lassait pas d'admirer ses manières, son ton naturel et noble, sa conversation à la fois solide et agréable; il la rencontrait souvent chez une de ses parentes, et lui avait fait plusieurs visites; mais il n'avait point encore vu Églantine.

Enfin un jour Doralice pria le vicomte à souper, et à neuf heures Églantine parut dans le salon; sa mère avait ce jour-là présidé à sa toilette. Églantine n'avait rien de recherché dans sa parure, mais ses cheveux étaient arrangés avec soin, et elle avait mis des gants. Le vicomte l'examina d'abord avec beaucoup d'attention, et la trouva parfaitement belle : un instant après il remarqua qu'elle n'avait point de grâce, et au bout d'un quart d'heure il ne la régarda plus ; il oublia même qu'elle fût dans la chambre.

Cependant il continuait d'aller aussi assidûment chez Doralice. Un jour qu'il la trouva seule, il lui parla avec une confiance qui autorisa Doralice à lui demander s'il songeait à se marier : « Oui, madame, répondit-il ; mais, quoique mes parents me laissent absolument la liberté du choix, je sens que je ne me déciderai pas facilement ; l'intérêt ou l'ambition ne me détermineront jamais ; une passion aveugle ne me fera point faire de folies ; je veux me marier, non pour acquérir plus de fortune ou plus de considération, mais pour être plus heureux : ainsi je rechercherai une personne parfaitement élevée, qui joigne les vertus aux talents, qui appartienne à des parents estimables, dignes de mon respect et de mon amitié ; sa mère, par exemple, devra posséder toutes les qualités qui vous distinguent, puisqu'elle sera le mentor et le guide de ma femme. »

En ce moment survint une visite qui mit fin à la conversation. Quelques jours après, Doralice apprit que le vicomte d'Arzelle avait chargé un de ses gens de questionner adroitement les domestiques de la maison ; que lui-même s'était adressé directement à plusieurs maîtres d'Églantine, auxquels il avait sans peine fait dire l'exacte vérité ;

il sut, à n'en pouvoir douter, qu'Églantine n'avait
retiré aucun fruit de l'éducation dispendieuse que
lui avait donnée sa mère.

Depuis ce moment le vicomte parut beaucoup
moins chez Doralice, et bientôt il cessa entièrement d'y aller. Doralice, certaine qu'il aurait
épousé Églantine si elle eût eu moins de défauts,
regretta beaucoup pour sa fille un établissement
aussi brillant, et que le seul mérite personnel du
vicomte lui aurait fait préférer à tout autre.

Des peines bien plus sensibles étaient réservées
à Doralice. Églantine, de plus en plus indolente,
lui causait tous les jours de nouveaux chagrins.
A dix-sept ans elle avait encore tous les maîtres
qu'on quitte ordinairement à quatorze ; elle n'avait
de goût pour aucune espèce d'occupation. Cependant, comme son cœur était bon et qu'elle
aimait sa mère, elle essayait quelquefois de
vaincre sa nonchalance ; alors on était étonné de
l'intelligence et des dispositions qu'elle montrait ;
le cœur de Doralice se rouvrait à l'espérance et à
la joie, mais ce bonheur durait peu ; au bout de
cinq ou six jours Églantine retombait dans son
apathie ordinaire : elle sentait confusément ses
torts, et, au lieu de chercher à les réparer, elle se
laissait aller au découragement. D'ailleurs, accoutumée à ne jamais réfléchir, elle ne sentait pas

toute l'ingratitude qu'il y avait à répondre si mal
aux soins de la plus tendre mère; elle se disait
seulement : « C'est vrai. J'ai causé beaucoup de
dépenses inutiles, mais ces dépenses n'ont pu dé-
ranger une fortune considérable comme l'est celle
de mon père; au reste, je suis jeune et riche, on
dit que je suis belle, je puis bien me passer
d'instruction et de talents. » C'est comme si elle
eût dit : « Je puis me passer de montrer ma reconnaissance à ma mère; à quoi bon faire son bonheur, et en même temps être aimable et aimée? »
Voilà comme on raisonne quand on est incapable
de réflexion.

Églantine, ne cherchant jamais à plaire ni à obtenir l'approbation de ceux qui l'entouraient, ne
jouissait d'aucune considération dans la maison de
sa mère; les domestiques et les amis de Doralice
la regardaient toujours comme un enfant. Elle se
montrait si peu obligeante, si singulièrement insipide, elle disait parfois des choses si déplacées,
qu'elle était, dans la société, importune et désagréable. Toute contrainte lui paraissait insupportable, et presque tout était contrainte pour elle;
les usages reçus dans le monde lui semblaient ty-
ranniques; elle trouvait la politesse gênante, et
n'était à son aise qu'avec des personnes subal-
ternes et sans éducation. Loin de rechercher les

conseils dont elle avait besoin, elle les fuyait, parce
qu'elle sentait qu'elle n'aurait pas le courage de
les suivre : aussi, quand Doralice lui représentait
les inconvénients de son caractère, elle écoutait sa
mère avec plus de dépit que de repentir. Ces conversations étaient toujours suivies d'un embarras
et d'une humeur qu'elle ne pouvait ni vaincre ni
dissimuler ; car, accoutumée à céder lâchement
aux impressions qu'elle recevait, n'ayant aucun
empire sur elle-même, elle préférait aggraver ses
torts que de se donner la peine de chercher les
moyens de les réparer.

Églantine, en prenant tant de nouveaux défauts,
n'avait perdu aucun de ceux qu'on lui reprochait
dans son enfance. Depuis deux ans elle recevait
pour son entretien une pension aussi forte que si
elle eût été mariée : cependant elle était toujours
mal mise et faisait des dettes. Enfin elle atteignit
sa dix-huitième année, époque heureuse pour elle,
car c'était celle où l'on devait congédier tous ses
maîtres. Ce jour même, Doralice vint le matin
dans la chambre d'Églantine, et s'asseyant auprès
de sa fille : « Vous avez aujourd'hui dix-huit ans,
lui dit-elle, c'est l'âge où l'éducation est ordinairement finie. J'ai fait pour vous jusqu'à ce moment
tout ce que je pouvais faire ; je vous en apporte la
preuve. Voici le journal dont je vous ai parlé si

souvent : il contient le détail de tout ce que vous
avez perdu depuis votre enfance, de toutes les dépenses inutiles que vous avez occasionnées ; j'y ai
joint les anciens mémoires de votre gouvernante,
ceux de votre femme-de chambre. Le relevé de
ces différentes sommes donne un total de cent
trois mille francs.... — Est-il possible, maman?
s'écria Églantine. — Et vous croyez bien que je ne
fais pas entrer dans ce calcul les dépenses indis-
pensables tant pour votre entretien que pour les
maîtres qui ont réussi à vous apprendre quelque
chose. Par exemple, vous avez une jolie écriture,
vous lisez passablement la musique ; je n'ai point
parlé de ces deux maîtres dans mon journal, quoique j'aie été obligée de vous les conserver beaucoup plus longtemps que je ne l'eusse fait si vous
aviez montré plus d'application. J'ai dû mettre au
nombre des dépenses en pure perte tout ce qu'ont
coûté les maîtres d'instruments, de dessin, de géographie, d'histoire, d'arithmétique, etc., sans oublier la maîtresse qui vous a enseigné à broder
pendant deux ans, et l'énorme quantité de soie, de
chenille, de satin, de velours, etc., que vous avez
dépensée sans avoir jamais rien fait qui puisse être
montré.... — Mais, repartit Églantine, cent trois
mille francs!... Je ne puis le concevoir. — Je vous
ai dit mille fois que les petites dépenses souvent

répétées deviennent exorbitantes, et par conséquent ruineuses. Un exemple vous en fera juger.
Vous avez deux montres : depuis l'âge de huit ans
jusqu'à ce moment, vous n'avez pas passé de mois
sans les envoyer chez l'horloger ou chez le bijou-
tier, tantôt pour y remettre un ressort, un verre,
ou même un cadran neuf, tantôt pour y faire remettre des aiguilles ou des diamants. Il n'y a pas
de mois que ces montres n'aient au moins coûté
sept ou huit francs d'entretien, et même davantage ; de manière qu'au bout de dix ans ce seul
artic'e se monte à deux mille francs. On doit bien
regretter l'argent qu'on a prodigué ainsi, quand
on songe à combien d'autres usages on aurait pu
l'employer. Cent trois mille francs que vous avez
perdus, ma fille, auraient assuré un sort heureux
à plus de vingt familles infortunées ! »

Cette dernière réflexion de Doralice fit couler les
larmes d'Églantine ; elle prit une des mains de sa
mère, et la serrant dans les siennes : « Oh ! que je
suis coupable ! s'écria-t-elle. Mais, ma chère maman, quoique je sois sans talents, quoique je n'aie
pas d'instruction, cependant il me reste les élé-
ments de tout ce qu'on m'a appris ... — Sans
doute, reprit Doralice, et, si vous vouliez vous
appliquer, étudier sérieusement, vous pourriez
encore regagner une partie de l'argent que vous

avez perdu ; mais il faudrait désormais avoir autant de persévérance et d'activité que vous avez
montré jusqu'ici d'inconstance et de paresse. »

A ces mots, Églantine soupira et tomba dans la
rêverie. « Je sais, continua Doralice, que, grâce à
votre fortune et à votre figure, vous croyez avoir
moins besoin de talents et de grâces que beaucoup
d'autres personnes ; mais, parce qu'on possède les
avantages les plus fragiles et les moins estimables,
est-ce une raison pour dédaigner ceux qui seuls
peuvent procurer des suffrages véritablement flat-
teurs ? Est-ce la beauté qui fait aimer ? Dépouillez-la
des grâces, elle n'aura pas même le don de plaire.
Sont-ce les richesses qui rendent heureux ? N'êtes-
vous pas consumée d'ennui, toujours mécontente
des autres et de vous-même ?... D'ailleurs, con-
naissez-vous l'état des affaires de votre père ? Et
s'il se ruinait ?... »

Ces derniers mots réveillèrent l'attention d'É-
glantine ; elle regarda sa mère avec effroi. Doralice cessa de parler, leva les yeux au ciel, et, après
quelques moments de silence qu'Églantine n'osait
interrompre, elle se leva, sortit, et laissa sa fille
accablée de tristesse et d'inquiétude.

Les alarmes d'Églantine n'étaient que trop fon-
dées. Mondor, son père, aussi insatiable que Doralice était modérée, n'avait pu se contenter de

deux cent mille livres de rente; il s'était engagé dans des entreprises immenses, et marchait à grands pas vers sa ruine totale. Doralice ne connaissait pas toute l'étendue de son malheur, mais elle en soupçonnait une partie, et c'est ce qu'elle avait voulu faire entendre à sa fille. Mondor, dans l'espoir de conserver son crédit, tâchait de cacher le mauvais état de ses affaires; mais bientôt plusieurs banqueroutes de ses associés en découvrirent le désordre affreux. Mondor n'avait pas une âme faite pour supporter l'adversité; il tomba malade, et les soins de Doralice et d'Églantine ne purent lui conserver la vie; il expira en maudissant l'ambition et la cupidité, funestes causes de sa ruine et de sa mort.

Doralice s'occupa du soin de satisfaire tous ses créanciers. La fortune entière de Mondor n'y put suffire : Doralice possédait une terre de quinze mille livres de rente, sur laquelle les créanciers n'avaient aucun droit; mais, afin de compléter la somme nécessaire pour payer les dettes de son mari, elle abandonna pour six années les revenus de cette terre, le seul bien qui lui restât. Églantine sacrifia au même usage tous les diamants qu'elle tenait de sa mère.

Ces arrangements faits, il ne restait à Doralice, pour vivre pendant six ans, que ses bijoux et quel-

que argenterie : elle les vendit et en eut vingt
mille francs. « Il faut, dit Doralice à sa fille, que
nous allions habiter un pays où l'on puisse vivre
pendant six ans avec la somme qui nous reste;
mon intention est de m'établir en Suisse jusqu'au
moment où je recouvrerai la terre dont j'ai cédé
les revenus. — O ma mère! s'écria douloureuse-
ment Églantine, vingt mille francs! voilà tout ce
qui vous reste!... Quels remords pour moi, quand
je me rappelle tout ce que je vous ai coûté!... —
N'y pense plus, interrompit Doralice en l'embras-
sant. Si j'eusse prévu les malheurs que le sort
nous réservait, tu n'aurais jamais eu connaissance
de ce journal; je l'ai brûlé, et tout ce qu'il contenait est pour jamais effacé de ma mémoire.— Ah!
reprit Églantine en tombant aux pieds de sa mère,
j'éprouve un repentir trop vrai pour oublier jamais ces fautes que vous me pardonnez avec tant
de générosité!... Le désir et l'espoir de les réparer
et de faire votre bonheur peuvent seuls maintenant m'attacher à la vie.... O maman, je le sais,
une fille digne de vous pourrait vous consoler de
vos malheurs : eh bien! je me corrigerai, j'ac-
querrai les vertus qui me manquent. Il vous
faut une amie : je deviendrai la vôtre; et pour
obtenir un titre si cher, il n'est rien que je ne
tente. »

Comment vous peindre l'émotion de Doralice contemplant avec ravissement Églantine à ses genoux et baignée de larmes? Elle la releva, et la pressant contre son sein : « Tu me fais éprouver dans cet instant, dit-elle, tout ce que le cœur d'une mère peut ressentir de joie; va, ne gémis plus sur mon sort. »

En prononçant ces paroles, Doralice avait peine à retenir ses larmes, les plus douces qu'elle eût jamais versées. Le soir même qui suivit cet entretien, Églantine se plaignit d'un violent mal de tête. Le lendemain, on lui trouva de la fièvre; Doralice envoya chercher un médecin. Après avoir attentivement examiné la malade, le docteur déclara qu'elle avait tous les symptômes qui pré-

cèdent la petite vérole; il ne se trompait pas : cette
maladie se manifesta de la manière la plus inquié-
tante; le médecin ne cacha point à Doralice que
la petite vérole était confluente et de la plus mauvaise espèce. Doralice, malgré les conseils du médecin, ne quitta plus le chevet d'Églantine. En
proie au plus affreux délire, Églantine recevait les
soins de sa mère sans la reconnaître; elle était
dans ses bras et l'appelait en s'écriant douloureu-
sement : « Ma mère m'abandonne!... Je l'ai mérité!... Je ne l'ai pas rendue heureuse! Je meurs
sans recevoir sa bénédiction!... O mon Dieu! pardonnez-moi... »

Ces tristes plaintes, entrecoupées de soupirs et
de sanglots, perçaient l'âme de Doralice : en vain
elle répondait à sa fille, en vain elle la baignait de
ses larmes; Églantine ne l'entendait pas. La maladie fit de rapides progrès, elle se porta surtout
au visage d'Églantine, et couvrant ses yeux d'une
croûte épaisse, la priva totalement de la lumière.
Ce nouvel accident, assez ordinaire dans la petite
vérole, n'inquiéta pas d'abord, mais bientôt le
médecin en fut vivement alarmé; il ne dissimula
pas à Doralice ses craintes qu'Églantine ne perdît
la vue.

Ainsi, en quelques semaines, Églantine avait
perdu sa fortune et sa beauté, et se voyait mena-

cée de perdre la vue. Tant il est vrai que tous les
biens de la vie peuvent nous être ravis en un jour!
Toute notre force est en nous-mêmes, dans nos
talents, dans nos vertus, et le reste ne tient qu'à
un fil.

Doralice était restée trois jours et trois nuits
auprès de sa fille, et n'avait voulu confier à personne les soins incessants que réclamait sa position désespérée. Le quatrième jour, le médecin
constata un mieux sensible dans l'état de la malade, et déclara qu'elle était hors de danger. En
effet, Églantine ne tarda pas à rouvrir les yeux;
reconnaissant le visage chéri de la plus tendre des
mères : « Juste ciel! s'écria-t-elle, je vous revois,
ma mère!... »

Ses sanglots lui coupèrent la parole, et se jetant
sur le sein de Doralice, elle ne put d'abord exprimer les transports passionnés de sa reconnaissance que par des larmes.... Le médecin lui con-
firma qu'elle devait à Doralice seule tous les
secours qu'elle avait reçus. « O ma mère! dit
Églantine, combien la vie me devient chère!...
qu'il me serait douloureux de la perdre avant de
vous avoir témoigné ma tendresse et ma reconnaissance!... Je ne veux vivre que pour faire
votre bonheur, car je ne puis être heureuse que
par vous.... »

Églantine parlait avec tant de feu, que le médecin, craignant pour elle l'effet d'une émotion si
violente, l'interrompit, et fit cesser une conversation qui aurait pu redoubler sa fièvre.

Depuis ce jour la maladie ne donna plus d'inquiétude ; mais le médecin déclara qu'elle laisse-
rait des traces fâcheuses. En effet, Églantine perdit sa beauté ; quoiqu'elle ne fût pas excessivement
marquée de la petite vérole, elle était à peine re-
connaissable ; ses beaux cheveux étaient tombés,
et elle n'avait plus cet éclat brillant qui la rendait
si remarquable. Sachant combien elle était chan-
gée, Églantine n'éprouvait aucun empressement
de se regarder dans un miroir ; cependant, lorsqu'elle se leva pour la première fois, elle ne put
éviter de se voir ; sa mère lui donna le bras, et en
la conduisant vers une chaise longue, elle la fit
passer devant une glace. Églantine, en jetant les
yeux sur la glace, ne put s'empêcher de tres-
saillir : « Est-ce là, dit-elle, cette figure qu'on admirait tant il y a trois semaines ! — Quels seraient
vos regrets, reprit Doralice, si vous aviez eu la
folie d'attacher un grand prix à cette beauté pas-
sagère qu'un instant peut enlever, et qu'il faut
s'attendre à perdre dans le court espace de quelques années !... »

Vous penserez peut-être, mes enfants, que Do-

ralice exagérait un peu, afin de consoler Églantine, et qu'on peut, en perdant la jeunesse, conserver la beauté.... Mais non. La beauté ne peut
exister sans la jeunesse. Quand on dit d'une femme
de trente-six ans qu'elle est jolie, on veut dire
seulement qu'elle a dû l'être. Il n'y a pas de beauté
réelle sans cet éclat du teint, sans cet air de fraîcheur et de santé qu'une femme perd infaillible-
ment aussitôt qu'elle est entrée dans la maturité
de la vie, et que d'ailleurs elle ne pourrait conserver quelques années encore qu'au prix des
soins les plus excessifs, et en sacrifiant d'importants devoirs. Jugez donc, mes enfants, de ce que
peut valoir une beauté éphémère, admirée par les
uns et contestée par les autres, que la moindre
maladie peut flétrir, et qui, dans les circonstances
les plus favorables, dure à peine quelques années.
Pour moi, je n'ai jamais vu de femme qui à trente
ans fût aussi jolie qu'à dix-huit, et véritablement
belle sans le secours de l'art, c'est-à-dire sans parure, ou sans l'illusion des lumières. Ce qu'on
appelle quelquefois la beauté, dans la maturité ou
dans la vieillesse, n'est que le reflet des belles
qualités de l'âme qui éclaire en quelque sorte une
physionomie. Le teint le plus éclatant, les traits
les plus réguliers ne valent pas, même pour le
plaisir des yeux, cet air de paix, de sérénité et de

douceur que la vertu seule peut donner. Non, non,
Doralice n'exagérait pas, et elle avait bien raison
de dire qu'il faudrait être insensé pour attacher
quelque prix à un avantage si frivole et dont on
jouit si peu de temps.

En même temps que Doralice enseignait à sa
fille à supporter avec résignation la perte de sa
beauté, elle lui montrait comment on peut se rendre aimable par ses talents et par sa douceur, et
captiver des suffrages que la beauté aurait pu attirer peut-être, mais qu'elle n'aurait pu retenir.

Églantine, éclairée par le malheur, et pénétrée
de reconnaissance, sut vaincre tous ses défauts,
elle devint aussi raisonnable, aussi active, aussi
digne d'être aimée, qu'elle avait été jusque-là indolente, paresseuse, inconstante et légère.

Aussitôt que sa santé fut entièrement rétablie,
Doralice partit avec elle pour la Suisse. Les deux
voyageuses se rendirent d'abord à Lyon, et prirent
ensuite la route de Genève ; elles passèrent auprès
du fort de l'Écluse (entre Châtillon et Coulonges),
remarquable par sa situation pittoresque. Elles
s'arrêtèrent à Bellegarde pour y visiter ce que les
gens du pays appellent *la perdition du Rhône*. Rien
de plus curieux, en effet, que de voir le Rhône se
perdre sous d'énormes rochers, dans de vastes
gouffres, et reparaître ensuite en se précipitant en

cascades sur d'autres rochers. Ce lieu, environné
de montagnes, de précipices profonds, de rochers
couverts de mousse et de verdure, suffirait seul
pour dégoûter à jamais de ces froids jardins à
l'anglaise où l'on a voulu follement imiter de semblables effets. Après avoir passé quelques jours à
Genève, Doralice parcourut les délicieuses rives du
lac, dans l'intention de chercher une maison où
elle pût s'établir; elle prit enfin la résolution de
se fixer à Morges, jolie ville entre Genève et Lausanne, sur le bord du lac et dans une situation
ravissante.

Doralice loua une petite maison dans cet agréable séjour; les fenêtres du salon donnaient d'un
côté sur des campagnes riantes et fertiles, et de
l'autre elles laissaient voir le lac de Genève, et par
delà les immenses montagnes chargées de glace
qui le bornent. On ne saurait se faire une idée de
ces montagnes; elles offrent mille aspects différents dans un même jour, par l'effet de divers
accidents de lumière qui s'y succèdent. Au lever de
l'aurore, leur sommité et leurs rochers sont couleur de rose, et les monceaux de glace qui les
couvrent ressemblent à des nuages transparents.
Quand le soleil devient plus vif, les montagnes
prennent des couleurs plus foncées, et paraissent
successivement gris de lin, violettes et bleu brun.

Au coucher du soleil, elles se dorent; on croit
voir d'énormes masses de topazes, et les yeux sont
éblouis de l'éclat brillant de leurs couleurs. Le lac
de Genève présente des variétés aussi piquantes.
Lorsqu'il est tranquille, son onde pure et limpide
réfléchit la couleur des cieux; mais lorsqu'il est
agité, il ressemble à la mer, il en reproduit le
bruit imposant et en a la majesté. Tour à tour tu-
multueux et paisible, il charme, il étonne les yeux
par des spectacles toujours nouveaux.

Églantine ne pouvait se lasser de cette vue en-
chanteresse. « Que tout ce que j'ai admiré jusqu'ici, disait-elle, me paraîtrait insipide à présent!
Avec quelle indifférence je reverrai les environs
de Paris, ces plaines monotones et ces jardins si
vantés! Me voilà brouillée pour toujours avec les
rivières factices, les petits rochers et les petites
montagnes. — Si vous aviez fait le voyage d'Italie,
ajouta Doralice, vous n'aimeriez pas davantage *les
petites ruines*. — Il me semble que les poëtes et les
peintres ne devraient décrire les beautés de la nature ni faire des paysages sans avoir visité l'Italie et
la Suisse. — Je suis de votre avis. Louis Backhuy-
sen, fameux peintre hollandais[1], s'exposait sur la
mer lorsqu'elle était agitée par de violentes tem-

1. Mort en 1709.

pêtes, afin de mieux observer le mouvement des
vagues, le choc et les débris des vaisseeux échoués
contre les écueils, les efforts et le trouble des ma-
telots épouvantés. Rugendas[1], peintre de batailles,
assista au bombardement, à la prise et au pillage
d'Augsbourg. Plusieurs fois il brava la mort, afin

de considérer à loisir les effets des boulets et des
bombes, et toutes les horreurs d'un assaut. On l'a
vu, au milieu du carnage, exécuter des dessins
avec autant de soin que s'ils eussent été faits dans
son cabinet. Vander-Meulen[2] suivit Louis XIV
dans toutes ses conquêtes, dessinant les villes for-

1. Mort en 1742.
2. Mort à Paris, en 1690.

tifiées et leurs environs, les campements, les haltes et les escarmouches, afin d'en composer les tableaux qui reproduisent avec tant de vérité les hauts faits de ce prince. Quel courage n'inspire pas le noble désir de se distinguer! mais quand on préfère à la vraie gloire les petits succès du moment, on n'a besoin ni d'instruction ni de grands talents, on reste chez soi, on intrigue, on cabale, on se fait un parti, on peint ou l'on écrit sans chaleur et sans vérité, et par conséquent sans génie, mais on est loué deux jours. Au reste, il y a beaucoup de gens qui se rendent justice en ne poussant pas plus loin leur ambition. »

Églantine écoutait sa mère avec un plaisir qu'elle n'avais jamais éprouvé. Autrefois insensible aux charmes si doux de la conversation, son indolence et sa distraction l'empêchaient d'y prendre part; mais ses malheurs avaient produit en elle une révolution aussi subite qu'étonnante. Son caractère était tout à fait changé; elle réfléchissait, sentait vivement, et goûtait une satisfaction inexprimable à s'entretenir avec sa mère. D'ailleurs, voulant dédommager Doralice de tous les chagrins qu'elle lui avait causés par son indolence, elle s'occupait avec une activité qui la fatigua d'abord; mais cette activité cessa bientôt de lui paraître pénible. La lecture, la musique et le dessin remplissaient tous ses moments. Comme elle se donnait tout entière à l'étude, le travail, loin de l'ennuyer, l'amusait et l'attachait. Dans les commencements, elle n'avait été guidée que par le désir de rendre sa mère heureuse et de lui prouver sa reconnaissance; mais, charmée et surprise elle-même de la rapidité de ses progrès, elle ne tarda pas à étudier pour son propre plaisir; et, à force d'ardeur, de patience et d'application, elle parvint à regagner tout le temps perdu. Elle acquit des connaissances solides et des talents supérieurs; l'agréable séjour qu'elle habitait lui devenait tous les jours plus cher.

Comme deux personnes peuvent vivre à Morges dans l'aisance avec trois mille francs par an, Doralice ne s'apercevait pas de la perte de sa fortune; elle occupait une maison commode. De son cabinet de travail elle découvrait le lac et les montagnes, et trouvait que cette vue valait bien celle de la Seine et des boulevards. Elle faisait beaucoup meilleure chère que dans le temps de son opulence; de bons fruits, du gibier, le laitage délicieux de la Suisse, l'excellent poisson du lac de Genève, ne lui laissaient rien à désirer. Morges, ses environs, et Lausanne, lui offraient de plus toutes les ressources de société qu'on peut souhaiter.

Dans cet heureux pays, que le luxe n'a point
encore corrompu, on trouve toute la simplicité des
mœurs les plus pures, et les femmes y sont également aimables instruites et vertueuses.

Doralice et sa fille allaient souvent à Lausanne;
elles y firent la connaissance d'une jeune veuve
nommée Isabelle, qui joignait à tous les charmes
extérieurs mille talents agréables, un esprit fin et
les qualités les plus attachantes. Elle devint l'amie
de Doralice et d'Églantine, et les suivait souvent à
Morges, ou dans les courses qu'elles faisaient aux
environs de Genève. Tantôt elles s'engageaient
toutes les trois dans de longues promenades sur
le lac; tantôt on rassemblait à Morges une société
choisie de douze à quinze personnes, et l'on faisait
de la musique; ou bien l'on improvisait un bal
champêtre sous une feuillée décorée de guirlandes
de fleurs naturelles. Églantine, par ses agréments,
sa gaieté et ses talents, faisait le principal orne-
ment de ces petites fêtes. Elle n'était plus belle,
mais elle plaisait mille fois plus que dans le temps
où l'on admirait la régularité de ses traits et l'éclat
de son teint. Elle avait conservé une taille élancée,
et se faisait remarquer par sa grâce et son maintien. Elle n'était plus mise avec magnificence,
mais avec goût. On la regardait sans la distinguer;
mais plus on la regardait, plus on aimait sa figure.

Son visage avait pris de l'expression. Elle n'avait plus, il est vrai, la beauté qui attire tous les yeux ; mais, ce qui est préférable, elle possédait le charme qui les fixe.

Il y avait plus de dix-huit mois que Doralice habitait Morges, sans qu'elle eût pu se résoudre à s'en éloigner et à visiter la Suisse, comme elle en avait toujours eu le projet. Cependant, voulant faire connaître à sa fille cet intéressant pays, elle se décida enfin à quitter pour quelque temps sa petite maison et l'aimable Isabelle. Elle partit avec Églantine sur la fin de juin, et se rendit d'abord à Berne, ville charmante par sa régularité et la beauté de sa situation. Les rues en sont extrêmement larges, et coupées par le milieu par un petit ruisseau d'une eau limpide : De chaque côté, de belles arcades forment des galeries couvertes, pavées en larges pierres de taille ; le fond de ces arcades, si commodes pour les gens de pied, est occupé par de jolies boutiques. Les promenades de Berne sont ravissantes ; la terrasse surtout, située sur l'Aar, offre une vue admirable.

Doralice passa quelques jours à Berne ; et après avoir visité Indelbank, village où l'on voit de remarquables tombeaux, elle partit de Berne, et dirigea sa route vers les fameuses glacières de Grindelwald, à vingt lieues de Berne.

De toutes les glacières qui se trouvent dans les Alpes, la plus curieuse est celle de Grindelwald, auprès d'un village qui porte son nom. Le sommet de la montagne est occupé par un immense réservoir d'eau glacée. La roche qui sert de bassin à ce lac est de marbre noir veiné de blanc; la partie qui descend en pente est d'un beau marbre varié. Les eaux superflues du lac et des glaçons qui sont à la surface, obligées de s'écouler et de rouler successivement sur un plan incliné, forment ce qu'on appelle particulièrement *les glacières*, c'est-à-dire cet assemblage de glaces en pyramides qui tapissent toute la pente de la montagne. Rien de comparable à la beauté de ce magnifique amphithéâtre, couvert de tours ou d'obélisques de cristal et s'élevant à plus de trente ou quarante pieds de hauteur. Ce spectacle est éblouissant, et surtout lorsqu'en été le soleil darde ses rayons sur ses groupes de pyramides glacées. Alors toute la glacière commence à fumer et à jeter un éclat que les yeux ont peine à soutenir. Le vallon est bordé des deux côtés par deux montagnes couvertes de verdure et d'une forêt de sapins.

Doralice et sa fille, après avoir admiré Grindelwald, continuèrent leur voyage dans l'intérieur de la Suisse, et se rendirent à Zurich, où elles virent Gessner, ce grand poëte qui a dû son beau talent à la sensibilité de son âme et à la pureté de ses mœurs. Où aurait-il pu écrire ailleurs qu'en Suisse ces idylles charmantes où la vertu se montre sous des traits si touchants, sous une forme si séduisante? Pourquoi ses ouvrages, d'un genre si simple, ont-ils tant de charmes? Pourquoi sont-ils traduits dans toutes les langues? C'est que l'auteur a senti tout ce qu'il exprime, c'est qu'il a vu tout ce qu'il peint. Il accompagna Doralice dans presque toutes ses promenades. En parcourant les bords enchantés du lac de Zurich, de la Sil, de la Limat, Gessner montrait à Doralice les lieux charmants qu'il avait dessinés[1] ou décrits dans ses vers. Doralice admira surtout le bocage de pampres où il composa la délicieuse idylle de *Mirtyle*.

Doralice et Églantine passèrent huit jours avec Gessner; elles le contemplèrent au milieu de sa famille, de ses occupations, et elles virent toujours en lui un sage heureux, un vrai philosophe et un digne peintre de la nature.

Après une absence de deux mois, Doralice et sa fille se retrouvèrent avec joie dans leur petite maison de Morges. Isabelle vint embellir leur retraite en passant avec elles une partie de l'hiver. Le prin-

---

1. Gessner dessinait aussi bien qu'il écrivait.

temps ramena les plaisirs, les fêtes champêtres et
les longues promenades. Il y avait deux ans que
Doralice avait quitté Paris : Églantine touchait à sa
vingtième année ; elle faisait les délices de sa
mère, et ne connaissait le bonheur que depuis
qu'elle habitait Morges.

Un soir qu'Églantine et Doralice se promenaient
sur les bords du lac, elles rencontrèrent un jeune
homme vêtu de noir, qui marchait lentement et
paraissait plongé dans la plus triste rêverie. En
passant à côté de Doralice, il leva les yeux, et fit

un mouvement de surprise.... Doralice reconnut
aussitôt le vicomte d'Arzelle. Après les compliments d'usage, le vicomte lui apprit qu'il venait
de perdre le meilleur des pères ; que, depuis cette
perte, le séjour de Paris lui étant devenu odieux,
il avait pris la résolution de voyager ; qu'il comptait passer deux mois en Suisse, et partir ensuite
pour l'Italie. Comme la nuit s'approchait, Doralice
reprit le chemin de sa maison. Le vicomte demanda la permission de l'accompagner, et lui offrit
son bras. Dans ce moment, il se ressouvint que
Doralice avait une fille, et il s'aperçut qu'elle était
avec elle. Il lui adressa la parole, mais l'obscurité
ne lui permettait pas de distinguer ses traits. On
arriva à la porte de la petite maison.

« Quoi ! madame, dit le vicomte, c'est ici votre
demeure ? » et songeant à l'immense fortune dont
jouissait jadis Doralice, au digne usage qu'elle en
faisait, il se rappela qu'elle l'avait employée tout
entière à payer les dettes de son mari. On fit
entrer le vicomte dans un petit salon orné de
jolis dessins et meublé avec goût. « Ce cabinet n'est-il pas délicieux? demanda Doralice ;
tout ce qu'il renferme est l'ouvrage d'Églantine : c'est elle qui a brodé ce meuble, dessiné ces
paysages.... »

Le vicomte ne put s'empêcher de montrer une

surprise qui ressemblait à de l'incrédulité : il jeta
les yeux sur Églantine, et fut frappé du changement de sa figure. Églantine sourit, et la rougeur
anima son visage ; le vicomte avait d'abord consi-
déré Églantine avec curiosité ; il commença à la
contempler avec intérêt, et ne put s'empêcher
d'admirer la noblesse de son maintien, l'expression de sa physionomie, estimant les grâces qu'elle
avait acquises mille fois au-dessus de l'éclat et de
la froide régularité qu'elle avait perdus. Sa conversation le surprit bien davantage encore : en
l'écoutant, il avait peine à se persuader qu'elle fût
cette même personne autrefois si indolente et si
peu aimable : il ne pouvait concevoir que trois années eussent pu produire un aussi notable changement. En quittant Doralice, il lui demanda avec
empressement la permission de revenir renouveler
ses visites ; et dès le lendemain il vint passer une
partie de la journée avec elle. On faisait ce jour-là
de la musique ; Églantine chanta et joua de la
harpe. Le vicomte croyait rêver, il avait peine à
croire que cette jeune personne si accomplie fût
cette même Églantine si bornée et si ignorante,
qu'il n'avait pas voulu épouser, malgré sa fortune
et sa beauté.

Le vicomte habitait Lausanne, il n'y entendait
parler que d'Églantine ; elle avait gagné tous les

Églantine chanta, joua de la harpe. (Page 116).

cœurs par ses agréments, son esprit, et surtout
par sa douceur, sa parfaite égalité, et sa vive tendresse pour sa mère. Isabelle ne cessait de faire
l'éloge d'Églantine avec toute la chaleur de l'amitié ; aussi le vicomte préférait-il à toute autre la
société d'Isabelle. Cependant il y avait plus de
deux mois qu'il était en Suisse, et il ne parlait
plus de l'Italie. Il consacrait à Doralice tout le
temps qu'elle lui permettait de passer chez elle.
Timide et réservé avec Églantine, à peine osait-il
lui parler ; mais il l'écoutait et l'observait avec
une attention dont rien ne pouvait le distraire ;
et il témoignait à Doralice tout le respect, toute
l'affection du fils le plus affectueux. Il passa encore un mois à Lausanne. Enfin, connaissant
parfaitement Églantine et par sa réputation et
par l'étude qu'il avait faite de son caractère, il
cessa de dissimuler des sentiments que la raison
même approuvait. Il ouvrit son cœur à Doralice,
et lui demanda la main d'Églantine. « Vous la
méritez, répondit Doralice ; vous avez refusé ma
fille alors qu'elle était belle et riche ; vous me la
demandez lorsqu'elle a perdu sa beauté et sa fortune. Les grâces, les talents et la vertu pouvaient
seuls vous inspirer un attachement véritable.
On doit compter sur la durée d'un semblable sentiment. Cependant, comme il est possible de s'a-

buser soi-même, j'exige que vous fassiez encore
de sérieuses réflexions sur un engagement qui
doit fixer votre sort et celui de ma fille. Partez,
voyagez six mois. Au bout de ce temps, si vous
êtes dans les mêmes dispositions, revenez, Églantine est à vous. »

A ces mots, le vicomte se jeta aux pieds de Doralice, et la conjura de ne point retarder son bonheur. Mais Doralice, inébranlable, ne se laissa
toucher ni par ses prières ni par ses protestations; et le vicomte au désespoir fut obligé de
partir le lendemain. Ne pouvant s'arracher du
pays qu'habitait Églantine, il erra dans la Suisse,
et y passa tout le temps de son exil. Les six mois
expirés, il accourut à Morges. Quand il arriva,
Doralice était seule dans son cabinet avec sa fille.
Tout à coup la porte s'ouvre; le vicomte paraît :
il se précipite aux genoux de Doralice. Pour la
première fois, il parle de ses sentiments devant
Églantine : il demande sa main, et proteste de ne
jamais se séparer de Doralice. Églantine déclare
que ce n'est qu'à cette condition qu'elle peut se
résoudre à changer un sort qui remplissait tous
les désirs de son cœur; et le vicomte assure
Églantine qu'un sentiment si naturel la rend encore plus chère à ses yeux.

Le soir même de cette conversation, Doralice

la plus heureuse des mères, signa le contrat de mariage de sa fille; et trois jours après, le vicomte, au comble de ses vœux, épousa l'aimable Églantine.

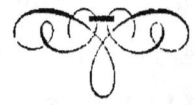

EUGÉNIE ET LÉONCE

OU LA ROBE DE BAL

V. FOULQUIER.   A. ETHERINGTON.

EUGÉNIE ET LÉONCE

OU LA ROBE DE BAL.

Mme de Palmène, jeune encore, et veuve depuis plusieurs années, se consacrait entièrement
à l'éducation d'une fille unique, objet de toute sa
tendresse comme de tous ses soins. Son mari, en
mourant, avait laissé beaucoup de dettes, et
Mme de Palmène n'avait pu les acquitter qu'en se
résignant à quitter Paris pour habiter une terre

qu'elle possédait en Touraine, à une petite lieue
de Loches. Le château était antique et vaste. Son
pont-levis, ses fossés et ses tours rappelaient les
siècles mémorables des du Guesclin et des Bayard,
ces beaux jours de la chevalerie qu'on devrait
regretter sans doute, si la loyauté et la vaillance
de quelques preux chevaliers pouvaient tenir lieu
de police et de lois. L'intérieur du château répondait au dehors. Tout y retraçait la noble simplicité de nos ancêtres. On n'y trouvait ni dorures,
ni cette ridicule profusion de porcelaines, de ma-
gots, de petits vases qui remplissent nos maisons
modernes ; mais on y admirait de belles tapisse-
ries représentant des traits intéressants d'histoire.
On s'y promenait dans de grandes galeries or-
nées de portraits de famille, et l'on y découvrait,
des fenêtres du salon, d'un côté une superbe
forêt, et de l'autre les bords agréables de l'Indre.
Ce fut là qu'Eugénie (c'était le nom de la fille de
de Mme de Palmène) passa les premières années
de sa jeunesse, et qu'elle prit le goût des amusements champêtres, de la vie paisible et retirée.

Durant les beaux jours du printemps et de
l'été, elle faisait avec sa mère de longues promenades; vers le soir, on allait chercher dans la
forêt l'ombre et la fraîcheur. Tantôt Eugénie s'y

exerçait à la course, tantôt elle cueillait des plantes dont sa mère lui apprenait les noms et les propriétés. Souvent elle y prenait ses leçons, y écoutait des lectures intéressantes; et, sur le déclin du jour on quittait la forêt pour aller sur les bords riants de la rivière. Lorsque Eugénie fut dans sa huitième année, elle devint plus sédentaire. Mille occupations la retenaient au château; mais elle se levait avec le jour; elle allait déjeuner dans le parc ou dans les champs, et le soir elle faisait encore une ou deux lieues avec sa mère.

Elle avait pour compagne de ses jeux la fille de sa gouvernante. Cette jeune personne, appelée Valentine, de quatre ans plus âgée qu'Eugénie, était d'un heureux naturel; elle avait un bon cœur et montrait de l'application. Elle se trouvait à toutes les leçons que recevait Eugénie, et elle en profita de manière que sa jeune maîtresse la regarda toujours avec raison comme son amie.

Cependant Eugénie atteignit sa seizième année. Elle joignait à la gaieté, aux grâces naïves de son âge, un esprit cultivé, de la discrétion, une douceur inaltérable et la plus parfaite égalité d'humeur. Sa tendresse et sa reconnaissance pour Mme de Palmène étaient sans bornes. Constamment occupée de sa mère et saisissant tous les

moyens de lui plaire, il n'était point d'occupation
qui n'eût un attrait sensible pour elle. Apprenait-
elle des vers par cœur, elle se disait : « Maman
me les entendra répéter avec plaisir. Ce soir, en
nous promenant; je les lui dirai. Elle louera ma
mémoire, mon application. » Étudiait-elle l'anglais ou l'italien : « Quelle sera, disait-elle, la
surprise, la joie de maman, lorsqu'elle verra
qu'au lieu de la page prescrite, j'en ai traduit
deux! » En écrivant, en dessinant, en faisant de
la musique, elle faisait les mêmes réflexions :
« Ce tableau ornera le cabinet de maman. Toutes
les fois qu'elle le regardera, elle pensera à son
Eugénie. Cette sonate, que je barbouille à présent,
quand je la saurai bien, enchantera maman. »
Cette idée, qu'elle appliquait à tout, lui faisait
trouver un charme inexprimable dans l'étude, lui
aplanissait les difficultés, et changeait en plaisirs
délicieux tous ses devoirs.

Afin d'achever de perfectionner l'éducation d'Eugénie, Mme de Palmène prit la résolution d'aller
passer deux ans à Paris. Elle s'arracha de son
agréable solitude sur la fin de septembre; arrivée
à Paris, elle loua une petite maison dans laquelle
Eugénie regretta plus d'une fois les bords délicieux de l'Indre et de la Loire. Mme de Palmène
retrouva avec plaisir plusieurs personnes qu'elle

avait connues autrefois. Dans ce nombre, elle distingua surtout un ancien ami de son mari, nommé
le comte d'Amilly, digne en effet de cette préférence par son mérite et ses vertus. Veuf depuis
plusieurs années, il n'avait qu'un fils unique âgé
de dix-huit ans, et dont il venait de se séparer
pour deux ans. Ce jeune homme, appelé Léonce,

était en Italie, et devait ensuite voyager dans le
Nord.

Le comte d'Amilly venait tous les soirs souper
chez Mme de Palmène; à dix heures et demie,
Eugénie allait se coucher. Aussitôt qu'elle était
sortie, le comte parlait d'elle, et c'était toujours
pour faire son éloge. Il admirait ses talents, sa
modestie, sa réserve, un certain air de douceur et

9

de franchise qui répandait un charme inexprimable sur ses moindres actions. Puis il parlait de son fils, il vantait son esprit, son caractère, son cœur. Mme de Palmène n'écoutait pas sans un secret plaisir l'éloge d'Eugénie ; elle n'entendait pas sans quelque émotion prononcer si souvent le nom de Léonce, et dans ces doux entretiens l'heure fut oubliée plus d'une fois ; plus d'une fois on s'écria avec surprise : « Comment donc! il est trois heures? »

Le comte d'Amilly continua toujours ses assiduités, mais sans s'expliquer davantage. Seulement il dit un jour : « Mon fils aura une fortune considérable ; mais avant de la partager avec lui, je veux lui apprendre à en jouir. A son retour il aura vingt ans ; je le marierai avec une femme aimable, dont les grâces, l'exemple et la douceur puissent lui rendre tous ses devoirs agréables et lui faire chérir la vertu. »

Mme de Palmène reconnaissait bien dans le portrait de cette femme celui d'Eugénie ; mais, en réfléchissant à l'extrême disproportion qui se trouvait entre sa fortune et celle du comte d'Amilly, elle avait peine à se persuader qu'il eût réellement des vues sur sa fille.

Il y avait déjà près de deux ans que Mme de Palmène était à Paris. Eugénie touchait à sa dix-huitième année, lorsqu'un soir le comte d'Amilly, entrant chez Mme de Palmène, lui demanda la permission de lui présenter lui-même son fils, qui venait d'arriver. Un jeune homme de la figure la plus intéressante s'avança vers Mme de Palmène et la salua d'un air à la fois empressé et timide, qui ajoutait encore à ses agréments naturels. Le comte et son fils restèrent à souper. Léonce parla peu, mais il regarda beaucoup Eugénie ; il ne dit pas un mot qui ne montrât son vif désir de plaire à Mme de Palmène.

Le lendemain le comte revint avec son fils, et Mme de Palmène déclara qu'elle s'était fait une loi irrévocable de ne point recevoir chez elle de jeunes gens de l'âge de Léonce.

« Mais, madame, reprit le comte, il faut pourtant bien que vous jugiez s'il peut vous convenir....

— Comment ! que voulez-vous dire ?...

— Eh quoi ! ne voyez-vous pas que son bonheur et le mien en dépendent ? Donnez-vous donc le temps de le connaître ; s'il est assez heureux pour vous plaire, tous mes vœux et les siens seront exaucés. »

C'était parler clairement. Mme de Palmène témoigna au comte la reconnaissance que ce discours lui inspirait. Cependant elle ne prit point d'engagement, voulant auparavant consulter Eugénie, et prendre quelques informations sur le caractère de Léonce. Tout ce qu'elle apprit ne fit que redoubler son désir de l'adopter pour son fils ; et le comte la pressant de nouveau de lui donner une réponse, elle ne balança plus. Tout étant d'accord, on signa le contrat de mariage. Le lendemain, Léonce reçut avec transport la main de l'aimable Eugénie, et l'on conduisit aussitôt les nouveaux époux dans une terre charmante que possédait le comte à dix lieues de Paris. Il fut décidé qu'on ne retournerait à Paris que sur la fin de l'automne.

Mme de Palmène passa trois mois avec eux. Au bout de ce temps, elle fut obligée de les quitter. Comme elle comptait s'établir définitivement à Paris, l'arrangement de ses affaires exigeait qu'elle fît un voyage en Touraine. Quoiqu'elle dût être de retour avant l'hiver, Eugénie eut besoin de toute sa raison pour supporter une séparation si douloureuse. Son chagrin et sa mélancolie, après le départ de sa mère, la rendirent plus intéressante encore aux yeux de Léonce. Il trouvait une douceur secrète à la contempler dans cet état d'abattement et de tristesse. En voyant couler ses larmes, il se disait : « Quels seront un jour mes droits sur un cœur si sensible et si reconnaissant ! »

Ils allaient se promener tête à tête. (Page 135.)

Eugénie, cependant, dans la crainte d'affliger Léonce, lui cachait une partie de son chagrin ; mais elle se dédommageait de cette contrainte avec Valentine, cette jeune fille qui avait été la compagne de son enfance. Les plus douces consolations d'Eugénie étaient de parler de sa mère, de lui écrire tous les jours de longues lettres.

Près de deux mois s'étaient écoulés depuis le départ de Mme de Palmène ; Eugénie, pendant tout ce temps, n'avait pas fait un seul voyage à Paris. Léonce chaque jour lui devenait plus cher. Souvent ils allaient se promener tête à tête dans les bois et dans les champs. Eugénie questionnait Léonce sur ses voyages, et goûtait le plaisir de s'instruire en l'écoutant. D'autres fois, assis l'un et l'autre sur le bord des ruisseaux, Eugénie chantait, et sa voix douce et mélodieuse attirait les moissonneurs ; ils quittaient leur ouvrage et accouraient pour l'entendre. Un soir, Eugénie remarqua au milieu d'eux un vénérable vieillard ; elle apprit qu'il se nommait Jérôme ; quoique âgé de soixante-quinze ans, il était pourtant le seul soutien d'une sœur paralytique et de cinq petits-enfants orphelins. Eugénie n'avait qu'une très-faible pension. Son beau-père, il est vrai, possédait une fortune considérable, il était noble et bienfaisant ; mais, voulant donner à son fils et à sa belle-fille de l'ordre et de l'économie, il avait la sagesse et le courage de ne point partager encore sa fortune avec eux. « Quand vous m'aurez prouvé, leur disait-il, que vous savez faire un digne emploi de l'argent, nous ferons bourse commune ; dans cinq ans, par exemple, si je suis toujours satisfait de votre conduite, je serai heureux de me dépouiller en faveur d'un fils économe et raisonnable ; je n'abandonnerai point à un insensé, à un dissipateur, une fortune que je ne dois qu'à moi seul, et dont je puis disposer à mon gré. — Ah ! mon père, répondit Léonce, en me donnant Eugénie, ne m'avez-vous pas tout donné ? »

Eugénie, de son côté, trouvait sa pension suffisante. Elle apportait dans tout la plus grande économie, et trouvait encore le moyen d'être généreuse et bienfaisante. Tout occupée du bon vieillard Jérôme, le soir, en se couchant, elle dit à Valentine qu'elle la prierait de lui porter quelques secours. Le lendemain matin, le comte d'Amilly vint, comme à l'ordinaire, déjeuner avec sa belle-fille : « Voici, lui dit-il, une invitation à une magnifique fête que l'on donne à Paris dans quinze jours ; je désire, ma fille, que vous vous y montriez. Il vous faut une robe de bal, et je veux vous l'offrir. »

En disant ces mots, le comte posa sur une table une bourse contenant soixante louis. Quand Eugénie fut seule, elle appela Valentine, et lui montrant le présent qu'elle venait de recevoir : « Avec cinquante louis, dit-elle, j'aurai une assez belle robe. Ainsi, je vais prendre dix louis sur cette somme pour les donner au pauvre Jérôme ; et toi, Valentine, va t'informer dans le village si tout ce qu'on m'a dit de ce vieillard est bien conforme à la vérité ; s'il n'y a pas d'exagération dans le récit qu'on m'a fait, je lui porterai moi-même l'argent que je lui destine. »

L'après-midi, Valentine revint au village et dit à sa jeune maîtresse que non-seulement elle avait pris des informations chez le curé et chez plusieurs villageois, mais qu'elle avait été dans la cabane du vieillard : elle y avait vu la pauvre sœur paralytique, gardée par l'aînée des petits-enfants de Jérôme, jeune fille âgée de douze ans ; la malade était dans une chambre bien propre, avec un assez bon lit, tandis que le vieillard couchait dans une espèce de petite grange, sur de la paille ; Jérôme, enfin, était le paysan du village le plus honnête homme, le plus malheureux, ainsi que le meilleur frère et le meilleur grand-père. « Allons, dit Eugénie, j'ai sur moi la bourse que m'a donnée mon beau-père, portons-lui sur-le-champ dix louis. »

Eugénie prit le bras de Valentine et sortit avec elle, en faisant dire à Léonce, qui achevait une partie de whist, qu'elle allait du côté de la pe-

tite allée de saules voir travailler les moisson-neurs.

Eugénie, arrivée dans le champ où Jérôme travaillait ordinairement jusqu'au déclin du jour, le cherche des yeux ; ne le voyant pas, elle demande où il est ; on lui répond qu'accablé de chaleur et de fatigue, il est allé se reposer un moment à l'ombre, et qu'il s'est endormi sur le bord du ruisseau, auprès de la grande haie d'églantiers.

Eugénie et Valentine tournent leurs pas de ce côté : elles aperçoivent bientôt le vieillard endormi et entouré de ses petits-enfants. Elles approchent avec précaution, dans la crainte de le réveiller, et s'arrêtent à quelques pas pour contempler le tableau le plus touchant. Le bon vieillard dormait profondément. Une jolie petite fille de huit ou neuf ans attachait doucement son tablier à la haie de rosiers sauvages au-dessus de la tête de son grand-père, afin de former un abri contre l'ardeur du soleil : un de ses frères l'aidait dans ce soin, tandis que les deux autres, armés de branches de saule, et à genoux aux côtés du vieillard, chassaient les mouches et les cousins qui s'approchaient de son visage. La petite fille, en voyant Eugénie, lui fit signe de la main de ne pas faire de bruit. Eugénie sourit, et s'avançant sur la pointe des pieds, elle embrassa la petite fille et lui dit tout bas : « Il faut que je parle à votre grand-père lorsqu'il se réveillera. Allez-vous-en là-bas jouer avec vos frères ; vous reviendrez quand je vous appellerai. »

La jeune fille fit quelque difficulté de s'éloigner, ainsi que les petits garçons, qui ne consentirent à s'en aller qu'à la condition qu'Eugénie et Valentine promettraient de bien chasser les mouches à leur place.

Cet accord fait, Eugénie prit les branches de saule, et s'assit avec Valentine auprès de la haie d'églantiers ; et la petite famille s'éloigna et disparut. Alors Eugénie, tirant sa bourse de sa poche, la mit sur ses genoux pour y prendre les dix louis. Ensuite, craignant de faire trop de bruit en comptant l'argent, elle s'arrêta, et jetant les yeux sur le vieillard, elle le regarda avec attendrissement. « Comme il dort paisiblement ! dit-elle ; bon et respectable vieillard !... Que sa figure est imposante !... Soixante-quinze ans, quel âge vénérable !... Durant une si longue carrière, que de fatigues il a supportées ! et maintenant que ses forces l'abandonnent, il est encore obligé de travailler sans relâche ! »

En achevant ces mots, Eugénie laissa couler quelques larmes. « Songez, madame, dit Valentine, à la joie que vous allez lui procurer en lui donnant dix louis.... — Ce présent, reprit Eugénie, cette légère somme ne peut faire le bonheur de sa vie!... Oh! qu'il serait doux d'assurer la tranquillité de ses vieux jours! Dix louis ne seront qu'un soulagement à sa misère; mais cinquante le mettraient dans l'aisance. Cinquante louis!... ce que coûtera ma robe! Et quel plaisir en retirerai-je? à peine sera-t-elle remarquée : j'en verrai mille plus riches que la mienne!... Et d'ailleurs, crois-tu, Valentine, que Léonce m'en trouve plus jolie? Aujourd'hui il a tant loué ma figure! je n'ai pourtant qu'une robe blanche, et des bluets qu'il a cueillis ce matin. Valentine, avec dix louis, je pourrais avoir une robe neuve, simple à la vérité, mais elle me siérait mieux : des fleurs, de la gaze conviendront mieux à mon âge; qu'en penses-tu?

— Moi, madame, je serais charmée, je vous l'avoue, de vous voir bien parée. — Ah! Valentine, regarde ce vieillard, et tu oublieras une si vaine idée. Songe donc à la satisfaction que j'éprouverais en tirant de la misère ce bon père de famille!... Avec quelle gaieté ce soir il souperait, entouré de ses petits-enfants! comme il les embrasserait et recevrait leurs caresses!... Et moi, demain matin, je pourrais en faire part à ma mère!... O ma mère! combien elle serait heureuse en lisant ma lettre!... — Mais, madame, vous serez la seule à cette fête mise aussi simplement : cela peut déplaire à monsieur votre beau-père....

— Et peut-être à Léonce.... Cependant, ils sont l'un et l'autre si bons, si bienfaisants !... Allons, Valentine, je consulterai Léonce.... Je ne dois rien faire sans son avis. Mais éloignons-nous d'ici, car la vue de ce vieillard me cause une tentation à laquelle je ne pourrais résister. Allons chercher Léonce; nous reviendrons après. »

En disant ces paroles, Eugénie allait se lever, lorsqu'elle entendit derrière elle un bruit de feuilles qui lui fit tourner la tête; et au même instant elle aperçut Léonce qui, franchissant la haie, vint se jeter à ses pieds. Un instant après le départ d'Eugénie, il était sorti du château pour l'aller rejoindre : sachant qu'elle cherchait Jérôme et ne doutant pas que ce ne fût pour lui porter des secours, Léonce était venu se cacher derrière la haie d'églantiers, afin d'écouter leur conversation ; et quoique Eugénie ne parlât qu'à demi-voix, comme il n'était séparé d'elle que de quelques pas, il n'avait pas perdu un seul mot de l'entretien. «O ma charmante Eugénie ! s'écria-t-il en tombant à ses genoux, j'ai tout entendu. En vous occupant des moyens d'assurer le bonheur de ce vieillard, vous avez mis le comble au mien, vous m'avez appris combien vous méritez d'être aimée. »

Léonce parlait encore lorsque Jérôme se réveilla. Aussitôt Eugénie se dégage des bras de

Léonce et s'approche du vieillard. Ce dernier la regarde avec étonnement, et, par respect pour elle, veut se lever. Eugénie l'invite à rester assis. Il s'en excuse en ajoutant : « Il faut que j'aille travailler. — Non, dit Eugénie : reposez-vous aujourd'hui.... — Et ma journée?... — Je vous la payerai. Tenez, acceptez cette bourse : puisse-t-elle vous faire autant de plaisir que j'en éprouve à vous l'offrir! »

A ces mots, elle se penche d'un air attendri et respectueux, et remet dans les mains tremblantes du vieillard la bourse qui contenait cinquante louis. Léonce contemple Eugénie avec ravissement : jamais elle ne lui avait paru aussi charmante; jamais elle n'avait fait sur son cœur une impression aussi profonde.

Cependant le vieillard, en ouvrant la bourse, éprouve une espèce de saisissement; il n'a vu de sa vie une somme aussi considérable. Il se frotte les yeux et croit rêver. Eugénie en silence jouit de l'excès de sa surprise. Enfin, Jérôme joignant fortement ses deux mains : « Mais, mon Dieu, dit-il d'une voix entrecoupée, qu'ai-je fait pour mériter un si grand don? »

Et levant la tête, il regarda Eugénie avec des yeux remplis de larmes : « O madame, s'écriat-il, que le Seigneur, pour vous récompen-

ser, vous accorde des enfants qui vous ressemblent! »

Il n'en put dire davantage, ses pleurs lui coupèrent la parole. En ce moment, toute la petite

famille de Jérôme revint en courant. Eugénie pria le vieillard de serrer sa bourse et de taire à tout le monde cette aventure ; elle embrassa de nouveau la jolie petite Simonette, et disant adieu au bon vieillard, elle reprit avec Léonce le chemin du château.

Eugénie, par une délicatesse très-naturelle, ne voulait pas que son beau-père apprît cette aventure avant le jour où devait avoir lieu la fête, dans la crainte que le comte ne lui donnât une autre robe de bal. Ce jour arriva enfin. Le comte resta à la campagne, et Léonce et Eugénie partirent pour Paris. Eugénie, au bal, attira et fixa tous les yeux, non-seulement par les charmes de sa personne, mais par l'élégante simplicité de sa toilette que ne rehaussaient ni les diamants ni les perles ; rien ne nuisait à ses grâces naturelles. Le doux souvenir du vieillard vint plus d'une fois s'offrir à son imagination et ranimer sa gaieté ; plus d'une fois, considérant l'excessive et folle magnificence des jeunes personnes de son âge, elle se dit : « Que je les plains ! elles ne connaissent pas les vrais plaisirs. »

Au point du jour, Léonce ramena Eugénie à la campagne : il voulait que son père la vît avec sa toilette de bal ; car il brûlait d'impatience de lui conter l'histoire du vieillard, et il jouissait d'avance

10

du plaisir qu'il allait lui procurer. En effet, le comte écouta ce récit avec un attendrissement mêlé de joie ; il serra mille fois dans ses bras l'aimable Eugénie, et de cet instant il eut pour elle tous les sentiments du père le plus tendre. Le lendemain Eugénie et Léonce allèrent visiter le vieillard. Léonce lui annonça qu'il se chargerait du sort de deux de ses enfants, la jolie petite Simonetté et son second frère. Simonette fut envoyée à Paris chez une lingère, et son frère placé en apprentissage chez un menuisier. Le comte d'Amilly mit le comble au bonheur du vieillard en lui donnant une vache et un arpent de terre voisin de sa chaumière. L'heureuse mère d'Eugénie, Mme de Palmène, qui revenait de la Touraine, reçut en route la lettre qui contenait tous ces détails.

Mes enfants, ce n'est pas encore à votre âge qu'il est possible d'imaginer l'impression qu'une semblable lettre peut produire sur le cœur d'une mère !... Enfin, la sensible et charmante Eugénie se retrouva dans les bras de Mme de Palmène, qui ne quitta plus sa fille. Eugénie fit toujours les délices de sa mère, de son époux, de sa famille ; elle trouva dans son cœur et dans l'estime publique la juste récompense de ses vertus et de sa conduite ; et, pour mettre le comble à sa félicité, le ciel

exauça les vœux du vieillard : elle eut des enfants
digne d'elles, et qui lui firent goûter tout le bonheur qu'elle-même procurait à sa mère.

CARBONNEAU.

PAMÉLA

OU L'HEUREUSE ADOPTION

PAMÉLA

OU L'HEUREUSE ADOPTION.

Félicie, uniquement occupée de l'éducation de ses deux filles, vivait dans le sein d'une famille aimable qu'elle chérissait, ne voyant que ses parents et ses amis. Chaque jour elle s'applaudissait de son bonheur. Portée à l'étude, douée d'une âme douce et sensible, elle ne connut jamais la haine.

Il n'était point de sacrifice que l'amitié n'eût le droit d'attendre d'elle. Enfin, personne ne dédaignait davantage le faste et la fortune.

Cependant les filles de Félicie commençaient à sortir de l'enfance ; Camille, l'aînée, atteignait à peine sa quinzième année, lorsque sa mère, par la situation de ses affaires, se trouva forcée de la marier. Elle n'avait point de fortune à lui laisser ; elle ne pouvait l'établir qu'en obtenant pour elle une position avantageuse. Un parti sortable s'offrait pour Camille : Félicie ne dut pas balancer ; mais elle n'en sentit pas moins vivement combien il est fâcheux d'être obligée de marier sa fille dans un âge si tendre. En effet, c'est un malheur d'autant plus grand pour une jeune personne de quatorze ans, qu'il peut influer sur le reste de sa vie ; son éducation souvent n'est qu'ébauchée et reste imparfaite.

Camille, peu de temps après son mariage, tomba dangereusement malade. Les inquiétudes, jointes aux veilles et aux insomnies qu'éprouva Félicie, causèrent dans sa santé une altération sensible dont elle se ressentit longtemps après le rétablissement de sa fille. Comme sa poitrine parut attaquée, les médecins lui ordonnèrent les eaux de Bristol. Elle fut donc obligée de laisser sa chère Camille à Paris, entre les mains d'une belle-mère, et partit pour l'Angleterre avec Natalie, sa seconde fille, alors dans sa treizième année.

Félicie n'avait pas eu la précaution de s'assurer d'une maison : aussi, en arrivant à Bristol, elle ne put trouver qu'un logement désagréable, séparé seulement par une cloison d'un autre appartement occupé par une Anglaise, malade et alitée depuis dix mois. Félicie, qui savait parfaitement l'anglais, apprit de son hôtesse que cette malheureuse Anglaise se mourait de la consomption. Elle était veuve ; son mari, jeune homme d'une naissance distinguée, avait été déshérité par ses parents pour avoir fait un mariage peu convenable, et n'avait pu, à sa mort, laisser à sa femme qu'une petite pension viagère : circonstance d'autant plus affligeante pour cette infortunée, qu'elle avait une fille âgée de cinq ans, qui perdrait avec sa mère tout moyen de subsister. L'hôtesse fit l'éloge de Paméla (c'était le nom de l'enfant), et assura à Félicie qu'il n'existait pas une plus charmante enfant. Cette histoire intéressa vivement Félicie ; toute la soirée elle ne s'entretint avec Natalie que de leur malheureuse voisine et de sa fille.

Félicie et Natalie habitaient la même chambre. Il y avait quelque temps qu'elles étaient couchées : Natalie dormait profondément ; Félicie commen-

çait à s'assoupir, lorsqu'un bruit extraordinaire
la réveilla en sursaut. Elle prêta une oreille attentive, et distingua des gémissements qui paraissaient venir de la chambre de l'Anglaise. Alors,
se rappelant que la malade n'avait pour la servir
qu'une femme de chambre et une garde, Félicie
imagina que peut-être son secours ne serait pas
inutile. Elle se leva précipitamment, prit sa lampe
de nuit et sortit doucement, afin de ne pas réveiller Natalie. Elle traversa une garde-robe où
couchait sa femme de chambre; en passant, elle
lui recommanda de ne pas quitter Natalie, et sortit. La porte de la malade était ouverte; Félicie,
entendant des accents entrecoupés de sanglots,
avança en tremblant.... Tout à coup une femme
de chambre en pleurs s'élança hors de la chambre
en s'écriant : « C'en est fait! elle n'est plus!... —
O ciel! dit Félicie, et j'accourais pour vous offrir
des secours! — Elle vient d'expirer, reprit la
femme de chambre; ô mon Dieu! que deviendra
sa malheureuse fille? J'ai moi-même quatre enfants : comment pourrais-je me charger de cette
infortunée? — Où est sa fille? interrompit vivement Félicie. — Hélas! madame, la pauvre enfant
n'est pas en âge d'apprécier son malheur! Sait-
elle seulement ce que c'est que la mort?... Elle
chérissait sa bonne mère!... car jamais enfant ne

fut plus sensible.... Voyez, elle dort paisiblement près de sa mère, qui vient de rendre le dernier soupir ! — Juste Dieu ! s'écria Félicie, arrachons cette enfant d'un lieu si funeste ! »

En disant ces mots, Félicie se précipite vers la chambre. Pour approcher du berceau de l'enfant, il fallait passer à côté du lit de la malheureuse Anglaise. Félicie tressaille ; elle fixe un instant ses yeux remplis de larmes sur le corps inanimé, et, se mettant à genoux : « O mère infortunée, dit-elle, quelle a dû être l'amertume de vos derniers moments ! Vous laissez votre enfant sans appui, sans secours !... Ah ! du sein de l'éternité, j'aime à le croire, vous pouvez encore et me voir et m'entendre !... Je me charge de votre enfant ; je ne lui laisserai point oublier celle qui lui donna la vie ; chaque jour elle implorera pour sa mère la clémence de l'Être suprême. »

En achevant ces paroles, Félicie se leva et s'approcha du berceau avec la plus vive émotion. Un rideau cachait l'enfant. D'une main tremblante elle l'écarte doucement et découvre l'innocente petite orpheline, dont elle contemple avec ravissement la beauté, la figure angélique et touchante. L'enfant dormait profondément : à côté du lit de mort de sa malheureuse mère, elle goûtait paisiblement les charmes du repos. La sérénité de son

front, la candeur de sa physionomie, qu'un doux
sourire embellissait encore, la fraîcheur et l'éclat
de son teint formaient avec sa situation un contraste frappant. « Voyez, dit Félicie, comme elle
dort! dans quel moment et dans quel lieu!...
Pauvre-enfant, en vain, en t'éveillant, tu deman-
deras ta mère.... Mais, du moins, une autre la
remplacera : oui, je t'adopte ; tu retrouveras dans
mon cœur la sensibilité, l'affection d'une mère!
Allons, continua Félicie en s'adressant à la femme
de chambre, aidez-moi à transporter ce berceau
dans ma chambre. »

La femme obéit avec joie, et l'enfant, sans se
réveiller, fut portée doucement sur son petit lit
dans l'appartement de Félicie. La jeune Natalie
s'était levée : inquiète et troublée, elle accourut
au-devant de sa mère, qui lui dit : « Approche, Natalie, je t'apporte une seconde sœur ; viens la voir,
et promets-moi de l'aimer. »

Natalie se mit à genoux auprès du berceau pour
mieux considérer l'enfant. Félicie lui conta en peu
de mots tout ce qui lui était arrivé. Natalie pleurait en écoutant ce triste récit ; elle regardait tendrement la petite Paméla, en l'appelant sa sœur ;
elle aurait voulu déjà être au lendemain, pour
l'entendre parler et l'embrasser mille fois. Enfin
il fallut se remettre au lit. Félicie ne put fermer

l'œil de la nuit; mais désire-t-on le sommeil, quand le souvenir d'une bonne action nous en prive?

A sept heures du matin on entra dans la chambre de Félicie. Aussitôt que les fenêtres furent ouvertes, Paméla se réveilla. Félicie courut à son berceau. L'enfant, en l'apercevant, parut surprise; elle la regarda fixement, puis elle sourit et lui tendit les bras; Félicie la serra dans les siens avec transport. Elle croyait à la sympathie (c'est la superstition de tous les cœurs sensibles), et se persuada qu'elle en voyait les effets dans les douces caresses de la petite Paméla, qui lui inspirait déjà une affection si tendre, et elle l'en aima davantage encore. Cependant Paméla ne tarda pas à demander sa mère. Ce nom de mère attendrit vivement Félicie : « Votre maman, dit-elle, n'est ·plus ici.....»

A ces mots, Paméla fondit en larmes. Natalie voulut la consoler : « Laissez-lui, dit Félicie, cette affliction touchante! j'avais besoin de voir couler ses pleurs; songez à sa situation, Natalie, et vous éprouverez le même sentiment. »

Quand Paméla fut habillée, elle se mit à genoux et fit tout haut sa prière; Félicie tressaillit en lui entendant dire : .« Mon Dieu, rendez la santé à maman! — Ne faites plus cette prière, dit Félicie, car votre maman ne souffre plus.... — Elle ne

souffre plus ! s'écria Paméla ; ô mon Dieu, je vous
en remercie !... »

Ces paroles déchirèrent l'âme de Félicie. « Mon enfant, interrompit-elle, dites avec moi : Mon Dieu ! daignez faire le bonheur de maman. »

Paméla répéta cette prière avec ferveur et attendrissement. Ensuite, se tournant du côté de Félicie et la regardant d'un air timide et ingénu : « Permettez-moi, dit-elle, de demander encore à Dieu qu'il me fasse la grâce de rejoindre bientôt maman. »

En achevant ces mots, elle s'aperçut que les yeux de Félicie se remplissaient de larmes ; elle se leva et se jeta à son cou en pleurant. Dans ce moment, on vint avertir Félicie que sa voiture était prête ; elle prit sa petite Paméla dans ses bras, et, accompagnée de Natalie, elle monta en voiture, et partit pour Bath[1].

Félicie ne revint à Bristol qu'au bout de quinze jours ; et ne voulant plus retourner dans son premier logement, elle y loua une autre maison. Chaque jour elle s'attachait davantage à Paméla : la douceur angélique, la sensibilité, la reconnaissance de cette enfant, étaient pour elle une douce récompense.

Après avoir passé trois mois à Bristol, Félicie quitta l'Angleterre et retourna en France. Toute sa

1. Bath est à quatre ou cinq lieues de Bristol.

famille applaudit à l'adoption de l'aimable Paméla.
Il était impossible de la voir sans s'y intéresser,
et de la connaître sans l'aimer. Lorsqu'elle eut
atteint sa septième année, Félicie l'instruisit de
son sort, et lui conta l'histoire de sa malheureuse
mère. Ce triste récit fit verser à Paméla d'abondantes larmes ; elle se jeta aux pieds de sa bienfaitrice, et lui dit tout ce que la reconnaissance et
la plus vive tendresse lui inspirèrent. Paméla avait
l'âme élevée ; lorsqu'elle parlait de ses sentiments,
elle n'avait plus le langage ni les expressions de
l'enfance. On pouvait citer d'elle mille traits charmants, des réponses fines et délicates, une foule
de mots heureux et touchants que le cœur seul
peut inspirer : cette sensibilité vive et profonde
répandait une grâce inexprimable sur toutes ses
actions, et donnait à sa douceur un charme qui
pénétrait l'âme. On voyait plus d'une fois Paméla
avant de s'apercevoir si ses traits étaient réguliers,
si elle était belle ou jolie. On n'était frappé que de
sa physionomie intéressante, ingénue, de l'expression céleste de son visage. On ne pouvait ni l'examiner ni la louer comme une autre. Elle avait de
grands yeux bruns, de longues paupières noires.
On ne disait rien de ses yeux ; on ne parlait que
de son regard. Elle avait toute l'envie de plaire et
d'obliger que donne un bon naturel ; elle était

attentive, généreuse, complaisante, sincère autant que naïve. Enfin, on trouvait en elle des qualités et des agréments dont la réunion est bien rare. Elle avait de la finesse, de la franchise et de l'ingénuité; elle était gaie et sensible, douce, quoique un peu vive.

Les seuls défauts qu'eût Paméla venaient même de cette extrême vivacité, qui pourtant ne lui causa jamais le plus léger mouvement d'impatience contre qui que ce fût, mais qui lui donnait une étourderie que peu d'enfants ont poussée plus loin. En voici un trait qui montrera en même temps sa douceur, son respect et sa tendresse pour Félicie. Paméla, beaucoup moins par négligence que par l'effet de sa vivacité et de son étourderie, perdait sans cesse tout ce qu'on lui donnait. Allait-elle se promener, elle ôtait son chapeau pour mieux courir, et rentrant dans la maison toujours en courant, elle oubliait le chapeau sur le gazon. Après avoir travaillé, l'empressement d'aller jouer ne lui permettait ni de rassembler son dé, ses aiguilles, son étui, ni de les serrer : elle se levait précipitamment; le sac à l'ouvrage, tout ouvert, tombait à terre : Paméla sautait par-dessus, et disparaissait en un clin d'œil. On était charmé de la voir courir dans les champs ou dans le jardin; mais on lui défendait de courir dans la maison. Paméla, avec

le plus grand désir d'obéir, oubliait continuellement cette défense; elle tombait régulièrement
trois ou quatre fois par jour, et laissait à toutes
les portes des lambeaux de robe et de tablier.
Enfin, à force de prières, d'exhortations et de pu-
nitions, insensiblement elle perdit un peu de cet
excès de turbulence. Félicie avait l'attention tous
les matins de lui demander compte de ce qu'elle
devait avoir dans ses poches et dans son sac à ouvrage, et cet examen journalier contribuait à rendre Paméla moins étourdie.

Un matin que Félicie, suivant cette coutume,
visitait les poches de Paméla, elle n'y trouva pas
ses ciseaux. Paméla, grondée et questionnée, répondit qu'ils n'étaient pas perdus, qu'elle savait
où ils étaient. « Et où sont-ils? demanda Félicie.
— Maman, répondit Paméla, ils sont à terre dans
le cabinet de ma sœur. — Comment, à terre? Et
pourquoi les avez-vous laissés là? — Maman,
j'étais dans ce cabinet : je me mouchais; en tirant
mon mouchoir, mes ciseaux sont tombés de ma
poche; dans ce moment j'ai entendu votre son-
nette, je suis aussitôt accourue. — Quoi! sans
prendre le temps de ramasser vos ciseaux? —
Oui, maman, pour vous voir plus tôt. — Mais
vous saviez bien que je vous demanderais compte
de vos ciseaux, et que je vous gronderais en ne

les trouvant pas. — Maman, je n'ai pas pensé à cela, je n'ai pensé qu'à vous, au plaisir de vous voir. »

En prononçant ces mots, Paméla avait les larmes aux yeux et rougit; Félicie la regarda fixement d'un air sévère : Paméla rougit davantage. Cette vive rougeur et l'invraisemblance du récit persuadèrent à Félicie que l'innocente petite Paméla venait de mentir. « Otez-vous de mes yeux, lui dit-elle; je suis sûre qu'il n'y a pas un mot de vrai dans tout ce que vous venez de me dire; sortez sans répliquer. »

Paméla, tout en larmes, joignit les mains, et tomba aux genoux de Félicie sans proférer une seule parole. Félicie ne vit dans cette action suppliante que l'aveu de sa faute. Elle la repoussa avec indignation, et l'accabla de reproches. Paméla, suivant l'ordre qu'elle avait reçu, gardait toujours le silence, et n'exprimait sa douleur que par ses sanglots et ses gémissements.

Félicie résidait alors à la campagne; elle sortit pour aller à la messe; et au lieu d'y mener Paméla comme à l'ordinaire, elle chargea sa femme de chambre de l'y conduire, et la quitta précipitamment. Arrivée à la chapelle; Félicie eut malgré elle plus d'une distraction; elle tourna plusieurs fois la tête du côté de la porte, et vit enfin arriver

Paméla, les yeux rouges et humides; la pauvre petite se mit humblement à genoux sur les marches de l'escalier. La femme de chambre lui dit de ne pas rester là avec les domestiques, et d'avancer. « Cette place est encore trop bonne pour moi, » répondit Paméla.

Cette humilité toucha Félicie: elle fit signe à Paméla d'approcher; la pauvre enfant pleura de joie en reprenant sa place à côté de sa protectrice.

Après la messe, la femme de chambre de Félicie s'approcha d'elle. « Paméla, dit-elle, n'avait pas menti. — Comment? — Non, madame, elle m'a priée de descendre avec elle dans le cabinet, et nous y avons trouvé les ciseaux à terre, comme elle l'avait dit. — Bonne Paméla! s'écria Félicie en la prenant dans ses bras; et tu te laissais accuser, maltraiter, sans rien dire pour ta justification? — Ma chère maman, vous m'aviez défendu de parler. — Et tu tombais à mes genoux, tu paraissais me demander pardon! — Je dois toujours demander pardon quand maman est fâchée contre moi; quand elle me gronde, j'ai sûrement tort. — Mais j'étais injuste. — Non; ma bienfaitrice, ma tendre mère ne peut jamais l'être avec moi! » Qui pourrait ne pas adorer une enfant capable d'un semblable attachement, et qui montre une douceur, une soumission si touchantes?

Paméla souffrit beaucoup de ses dents de sept ans. Elle eut à cette époque une langueur qui dura plus d'un an. Félicie, pour la mieux soigner, la fit coucher tout ce temps dans sa chambre. Paméla, voyant l'inquiétude de Félicie, cherchait à lui cacher ses souffrances, ses longues insomnies. Félicie se relevait souvent, la prenait dans ses bras, lui donnait à boire. Paméla ne recevait jamais de semblables soins sans verser des larmes d'attendrissement et de reconnaissance. Elle conjurait Félicie de se coucher promptement. « Dormez, maman, disait-elle : votre sommeil me fait du bien. Quand j'entends à votre respiration que vous êtes endormie, je souffre mille fois moins. »

Il n'est point de sentiment honnête qui fût étranger au cœur de Paméla, même ceux qui semblent ne devoir être que le fruit de la réflexion et de l'éducation. A peine se souvenait-elle de l'Angleterre : elle chérissait trop Félicie pour ne pas aimer la France; mais elle n'oubliait pas qu'elle était Anglaise, et conservait pour sa patrie un attachement d'autant plus vertueux, qu'elle n'aurait pu sans désespoir envisager la nécessité d'y retourner pour s'y fixer. Un jour (elle avait huit ans), Félicie écrivait, et Paméla jouait tranquillement tout près d'elle. On était alors en guerre avec l'Angleterre; tout à coup Félicie entend le bruit du canon : elle écoute et s'écrie : « Voilà peut-être l'annonce d'un avantage sur les Anglais. »

En disant ces mots, ses regards tombent sur Paméla, et sa surprise est extrême en la voyant pâlir, rougir et baisser les yeux. Dans ce moment plusieurs personnes entrèrent dans la chambre, on vint avertir que le dîner était servi. Paméla paraissait toujours tremblante et troublée. Félicie voulant absolument lire au fond de son âme : « Il faut, dit-elle, savoir pourquoi on a tiré le canon. Je me flatte encore que nous avons battu les Anglais. »

A peine Félicie achevait-elle ces paroles, que Paméla, fondant en larmes, se précipite à ses pieds. « O maman ! s'écria-t-elle, pardonnez à ma douleur ! Je n'en aime pas moins les Français ; mais je suis née en Angleterre ! »

Ce mouvement singulier pour son âge toucha profondément Félicie. « Mon enfant, dit-elle, un instinct touchant et sublime t'inspire mieux que ne pourrait faire la raison ! En croyant commettre une faute, tu remplis un devoir sacré : conserve toujours à ton pays, à celui de tes pères, cet intérêt si tendre ! Aime les Français, tu le dois ; mais n'oublie jamais que l'Angleterre est ta pa- trie. »

Ces paroles ranimèrent Paméla et la pénétrèrent de joie; et le soir même, avant de se coucher, elle ajouta à ses prières celle-ci : « Mon Dieu! faites que les Anglais et les Français ne se haïssent plus, et qu'ils ne se fassent jamais de mal. »

Avec un si bon cœur, il était impossible que Paméla n'eût pas une piété sincère et tendre. Certaine que Dieu la voyait et l'entendait dans tous les instants de sa vie, elle ne faisait jamais de fautes sans lui en demander pardon avec des larmes touchantes du repentir le plus vrai. Mais avant d'implorer ce pardon, elle s'accusait à Félicie : « Dieu, disait-elle, pourrait-il me pardonner si je manquais de confiance en maman? D'ailleurs une faute me pèse tant, quand maman l'ignore! et puis il est si doux d'ouvrir son cœur à ceux qu'on aime!... Maman me donnera peut-être une petite pénitence; mais elle causera, elle raisonnera avec moi, elle louera la sincérité de sa Paméla, elle l'embrassera mille fois; et ce soir, en me couchant, quand je lui demanderai sa bénédiction, elle me la donnera avec encore plus de tendresse qu'à l'ordinaire, s'il est possible. »

Après ces réflexions, Paméla se jetait dans les bras de sa mère, et elle y trouvait le prix de sa candeur et de son affection.

Ne pouvant se séparer de sa bienfaitrice, préfé-

rant à tout autre plaisir celui d'être avec elle,
même sans lui parler, établie dans sa chambre,
tandis que Félicie lisait, écrivait, ou faisait de la
musique, Paméla s'amusait en silence et sans
faire le moindre bruit. De temps en temps, cependant, elle se levait doucement et sur la pointe
des pieds, elle s'approchait de Félicie, l'embrassait,
et puis retournait à sa place. Plus d'une fois, quittant brusquement ses joujoux, elle vint se préci-
piter, en pleurant, dans les bras de Félicie : « Au
lieu de jouer, disait-elle, je pensais à vous, maman,
à vos bienfaits. »

En parlant ainsi, Paméla tombait aux pieds de
sa bienfaitrice; elle embrassait ses genoux, et,
avec l'expression passionnée et toute l'énergie du
sentiment et de la reconnaissance, elle se rappelait
tout ce qu'elle lui devait.

Une enfant si extraordinaire, si attachante, ne
pouvait être par la suite une personne médiocre :
aussi Paméla, à dix-sept ans, justifia-t-elle toutes
les espérances que son enfance avait fait concevoir.
Elle avait de l'instruction, des talents agréables,
et toute l'adresse qui sied si bien à une femme. Il
n'y avait point de travaux qu'elle n'eût appris et
qu'elle ne sût faire. Elle pouvait également se passer de brodeuse, de lingère et de marchande de
modes; elle dessinait bien, peignait parfaitement

des fleurs, et jouait supérieurement de la harpe,
talent d'autant plus précieux pour elle, qu'elle le
devait uniquement à sa mère, qui avait été sa seule
maîtresse de harpe. Paméla aimait la lecture,
l'histoire naturelle, la botanique. Elle avait une
très-belle écriture, et pour son style, on n'avait
pas eu de peine à le former; avec une âme si délicate, pouvait-elle écrire sans goût, ou manquer de
force et d'imagination? Elle avait conservé l'ingénuité et toutes les grâces de son enfance, des manières caressantes, une gaieté franche et commu-
nicative, et cette douceur attrayante qui lui gagnait tous les cœurs. Comme l'amusement favori
de son enfance avait été de s'exercer à courir et à
sauter, elle jouissait d'une excellente santé; quoique ses traits fussent délicats, sa taille mince et
légère, elle avait cependant une force étonnante.
Il était impossible de la surpasser à la course;
personne ne marchait mieux qu'elle et ne dansait
de meilleure grâce. Elle joignait à tous ces agréments une bonté qui ne se démentit jamais. Elle
travaillait souvent en secret pour les pauvres; elle
méritait cet éloge qu'un auteur moderne a fait
d'une reine infortunée; on pouvait dire de Paméla:
« Qu'elle montrait ces vertus douces et bienfai-
santes que la philosophie enseigne aux hommes
et que la nature donne aux femmes. »

Natalie, plus âgée que Paméla de sept ans, allait dans le monde depuis quelques années; ainsi que sa sœur Camille, elle faisait le bonheur de sa mère. Cette félicité si pure fut troublée par un événement qui plongea Félicie dans la plus juste affliction. Elle avait une jeune belle-sœur nommée Alexandrine, qui, par ses vertus et ses talents, faisait les délices de sa famille. Attaquée depuis six mois d'une maladie de langueur, que d'abord on ne jugea pas dangereuse, Alexandrine prit la résolution d'aller passer un an dans les provinces méridionales. Félicie éprouva le double chagrin de voir partir sa mère avec Alexandrine. Cette vertueuse mère consentit à se séparer de sa fille, à supporter les fatigues d'un triste voyage et les peines d'une longue absence, pour suivre une belle-fille à laquelle ses soins devenaient nécessaires. Hélas! elle emportait du moins des espérances consolantes; mais elle les perdit bientôt sans retour. Le voyage ne fit qu'augmenter les maux d'Alexandrine.... Enfin, les symptômes les plus funestes achevèrent de ravir un reste d'espoir.

Félicie, instruite par sa mère de ces douloureux détails, cherchait encore à s'abuser, lorsqu'elle reçut d'elle une lettre conçue en ces termes :

De N..., ce... novembre 1792.

« Elle existe encore!... mais peut-être, quand

vous recevrez cette lettre elle ne sera plus!... O
ma fille! que deviendra votre malheureux frère?...
que deviendrai-je moi-même avec sa douleur et la
mienne?... Et je suis à deux cents lieues de vous!...
Cette créature angélique que nous allons perdre,
nous ne la connaissions qu'imparfaitement : une
vie tranquille et fortunée, telle qu'était la sienne,
ne pouvait faire briller les vertus sublimes qu'elle
possède. Vous n'avez point d'idée de son courage,
de sa piété, de sa patience, de sa parfaite résignation. Je vous ai mandé qu'elle s'abusait sur son
état; j'étais dans l'erreur : elle était éclairée, même
en partant de Paris; elle le dit alors en secret à sa
femme de chambre. Je tiens ce détail de Julie
elle-même....

« Pour adoucir l'horreur de notre situation,
l'infortunée voulait du moins nous persuader
qu'elle conserve l'illusion que nous avons perdue;
mais hier elle s'est trahie avec moi. Nous étions
tête à tête : elle m'a dit qu'elle désirait recevoir
les sacrements le surlendemain, et qu'elle me
conjurait de l'annoncer à son mari avec les précautions et les ménagements nécessaires pour
qu'il n'en fût point alarmé; ensuite, elle est tom-
bée dans une profonde rêverie. Afin de l'arracher
à ses réflexions, je lui ai dit que je vous écrirais
ce matin. A ces mots, elle a paru vouloir me con-

fier quelque chose, et je me suis aperçue qu'elle
balançait. J'ai serré sa main dans les miennes, en
lui demandant si elle désirait me donner une
commission pour vous. « Oui, m'a-t-elle répondu.
Une inquiétude me tourmente, et la voici : vous
savez qu'à treize ans j'ai eu le malheur de perdre
ma mère ; on me mit alors au couvent : peu de
jours après, une pauvre femme paralytique me fit
demander au parloir ; elle m'apprit que ma mère,
pendant les deux dernières années de sa vie, l'a-
vait fait subsister. J'embrassai cette malheureuse
femme en pleurant ; depuis ce temps je prends
soin d'elle. Daignez, maman, daignez recomman-
der cette femme à ma sœur, et lui dire de ma part
que mon amitié l'en charge. Julie vous donnera
son adresse ; de grâce, envoyez-la demain à ma
sœur. »

« Je n'ai pu répondre que par des larmes.
Alexandrine m'a baisé la main avec une expression déchirante.... Dans ce moment, cette petite
chienne que vous lui connaissez, et qu'elle aime
tant, Zémire, a voulu monter sur son lit. Je l'ai
prise sur mes genoux. Votre sœur s'est penchée
pour la baiser : « Pauvre Zémire ! a-t-elle dit. Maman, vous aimez les chiens, je vous la donne ;
promettez-moi de la garder toujours. » Vous sau-
rez, ma fille, apprécier de tels traits. Au moment

de tout quitter, penser à tout! ne rien oublier!...
A vingt-quatre ans, belle, heureuse, jouissant de
la plus grande considération, près de se séparer
pour toujours du mari le plus aimé, d'un enfant
charmant, d'une tante chérie, qui fut à la fois pour
elle une bienfaitrice généreuse et l'amie la plus
aimable.... enfin, en consommant le plus douloureux sacrifice, conserver une humanité si touchante! s'occuper du soin vertueux d'assurer un
sort à l'infortunée dont elle était le seul appui,
vous léguer sa pauvre femme, s'occuper encore
des petits détails dont une légère maladie suffirait
pour distraire tout autre, ne pas même oublier son
chien!... Ah! comment ne pas admirer une bonté
si prévoyante, un courage si héroïque!... Adieu,
ma fille; je vous envoie la seule consolation que je
puisse vous offrir dans ce moment : c'est l'adresse
de la pauvre femme qu'il vous sera bien doux de
voir et de soigner. »

Aussitôt que Félicie eut lu cette lettre, elle demanda sa voiture, et, accompagnée de Paméla,
elle se fit conduire dans la rue du Faubourg-Saint-
Jacques. C'était là que demeurait la pauvre femme,
nommée Mme Busca, et qu'on n'appelait dans son
quartier que *la sainte femme*. L'étonnement de
Félicie et de Paméla, en la voyant et en l'écoutant,

fut égal à la pitié qu'elle leur inspira. Cette malheureuse femme paralytique avait les jambes et les mains entièrement desséchées. Ses doigts, horriblement allongés, paraissaient disloqués, et avaient perdu toute forme humaine. Son visage n'offrait rien de hideux; mais il était d'une maigreur et d'une pâleur frappantes. Elle ne pouvait ni soulever ni tourner la tête; elle la portait inclinée sur sa poitrine; et, dans cet affreux état depuis dix-sept ans, elle avait cependant conservé toute sa connaissance et toute sa raison. Elle couchait dans une grande chambre proprement arrangée; un ecclésiastique d'une figure vénérable était assis à côté de son lit.

Félicie, en entrant, se fit connaître pour la belle-sœur d'Alexandrine. A ces mots, la pauvre femme leva les yeux au ciel, et au même moment son visage se couvrit de larmes. « Ah! madame s'écriat-elle, quel ange vous avez pour sœur!... Elle est bien jeune, et pourtant il y a onze ans qu'elle me tient lieu de tout! .. Si vous saviez, madame, quels soins j'en ai reçus! — Elle venait souvent vous voir?... — Avant son mariage, comme elle ne pouvait sortir du couvent, je me faisais porter trois fois la semaine à son parloir ; alors elle demandait la permission de passer la grille, afin d'être plus près de moi; elle m'apportait son déjeuner

qu'elle avait préparé elle-même. Comme je ne
pouvais me servir de mes mains, elle me faisait
manger, et avec une bonté ! une attention !... Enfin, madame, savez-vous la grande pénitence que
pouvait lui infliger sa bonne ? c'était de lui dire :
« Demain vous ne ferez pas manger Mme Busca ;
ce sera moi qui la servirai toute seule. » Alors elle
devenait obéissante comme un mouton. Elle me
faisait toujours l'honneur de m'appeler sa mère,
et elle voulait que je l'appelasse ma fille : eh bien !
quand je voyais que la bonne n'était pas contente
d'elle, je l'appelais *mademoiselle*. Cette chère enfant ne tenait pas à cela ; les larmes lui roulaient
dans les yeux, et elle allait aussitôt demander
pardon à sa bonne.... Vous pleurez, mesdames,
poursuivit la bonne femme ; que serait-ce donc
si je vous disais tout ce qu'elle a fait pour moi
depuis son mariage ? Une jeune et charmante dame
comme elle, venir tous les deux ou trois jours s'en-
fermer des heures entières avec une paralytique !... Elle m'apportait du linge, des fruits, des
confitures, et souvent elle me lisait un chapitre
des saints Évangiles.... Vous savez, madame,
comme elle chante divinement. Un jour je la priai
de chanter. « Je ne sais, dit-elle, que de vilaines
chansons mondaines qui ne plairaient pas à ma
mère, mais j'apprendrai pour elle quelque beau

cantique. » En effet, quatre ou cinq jours après, elle vint me chanter plusieurs noëls d'une beauté!... En vérité, madame, je croyais voir, je croyais entendre un ange!... Une autre fois, elle fit apporter sa harpe, et elle en joua pour moi plus de deux heures.... Mais ce n'est pas tout, madame : vous voyez l'état où je suis; il faut que

V. FOULQUIER.   TRICHON.

vous sachiez encore que tous mes membres sont douloureux et déformés, et que je ne passe pas de semaine sans avoir des convulsions terribles. Si ce n'était, madame, pour vous faire connaître votre digne sœur, je n'oserais entrer dans de pareils détails.... — Ah! parlez, interrompit vivement Félicie, en versant d'abondantes larmes, parlez. — Eh bien! madame, reprit la femme, l'humanité chrétienne de ce cher ange était telle, qu'il n'y a point de services que je n'aie été forcée d'accepter d'elle. Par exemple, puisque vous l'ordonnez, je vous dirai qu'on ne peut me couper les ongles sans me faire éprouver une très-grande souffrance, à moins d'une extrême adresse, et voilà le soin dont elle se chargeait régulièrement.... Sûrement, madame, vous aurez remarqué ses petites mains si blanches et si délicates ; mais vous ignorez que toutes les semaines ces jolies mains lavaient les pieds d'une pauvre infirme!.... »

La femme se tut, et ses larmes recommencèrent à couler. Félicie et Paméla n'étaient pas en état de parler. Il y eut un moment de silence. Au bout de quelques minutes, une jeune fille entra dans la chambre, et demanda à la pauvre femme si elle n'avait besoin de rien. La femme la remercia, et la jeune fille sortit. Alors l'ecclésiastique, qui était toujours resté au chevet du lit de la femme, s'adressant à Félicie : « Madame, dit-il, apprendra sûrement avec intérêt que cette jeune personne, qui offrait ses services à Mme Busca, est la fille d'une de ses voisines, et toutes les autres voisines de Mme Busca sont aussi obligeantes. L'une vient travailler auprès d'elle, l'autre arrange sa chambre, une troisième se charge de lui apporter de la

12

lumière et d'entretenir son feu ; enfin, madame, l'esprit de charité de votre respectable sœur semble animer toutes les personnes qui habitent cette maison. Il est vrai que l'exemple de cette jeune et vertueuse dame n'a pas peu contribué à redoubler l'activité d'un zèle si louable. — Ah ! dit Félicie, de quelle admiration je me sens pénétrée !... — En effet, madame, reprit l'ecclésiastique, ce que vous venez d'entendre, et cette pauvre femme qui est devant vous, méritent bien d'inspirer de semblables sentiments. Cette femme malheureuse ! si vous connaissiez, madame, sa piété et la sublimité de sa religion !... Elle ne vous a pas dépeint tous ses maux ; ce corps desséché et sans mouvement est couvert de plaies et d'ulcères. J'épargne à votre sensibilité les détails que vous n'entendriez pas sans frémir....—Ah ! l'infortunée, s'écria Félicie ; eh quoi ! ne peut-on soulager ses souffrances ? n'est-il point de remèdes ?... — Non, madame, il n'est point d'art humain qui puisse les adoucir ; mais elle est d'autant plus admirable qu'elle ne se trouve point à plaindre. — Se peut-il ?...—Oui, madame, reprit la femme, non-seulement j'accepte avec résignation ces maux passagers, mais je les endure avec joie. Eh ! comment peut-on s'en étonner ? Pour des souffrances d'un moment, supportées avec patience, obtenir un

bonheur éternel! Nos récompenses seront propor-
tionnées à nos mérites. Quelle reconnaissance je
dois à Dieu de m'avoir mise dans une situation où
je puis avoir un mérite continuel à ses yeux, celui
de souffrir sans me plaindre, dans une situation
où rien ne peut me distraire de lui, où tout m'invite à ne m'occuper que de l'éternité!... Oh! que
mes maux me sont chers! ils ont expié les fautes
de ma jeunesse, ils ont purifié mon cœur, ils
m'ont détachée de tous les faux biens! Le monde
n'existe plus pour moi; il ne peut plus ni me sé-
duire ni me corrompre : mon âme n'habite plus
cette terre étrangère; elle est déjà unie à son
Créateur.... Mon Dieu! je vous vois, j'entends
votre voix paternelle; elle m'élève, elle me fortifie, elle m'ordonne de me soumettre sans murmure; elle me promet à ce prix une couronne im-
mortelle! O mon Dieu! je vous obéis avec transport, j'adore vos décrets, je bénis ma destinée, et
je ne la changerais pas pour le sort le plus brillant
de l'univers. »

En parlant ainsi, cette femme s'exprimait avec
autant de force que de sentiment : le son de sa
voix n'annonçait plus l'état de faiblesse et d'épuisement où la réduisaient ses souffrances; ses yeux
éteints et languissants brillaient en ce moment
d'un feu extraordinaire. Félicie et Paméla l'écou-

taient et la contemplaient avec ravissement. « Eh bien! madame, dit l'ecclésiastique, auriez-vous pu croire que, dans un semblable état, il fût possible de se trouver heureuse? Cette femme qui bénit sa destinée, que deviendrait-elle sans la religion?... Quelle serait l'horreur de sa situation, si elle pouvait douter des vérités éternelles dont elle est pénétrée!... L'athée, qui cherche à faire des prosélytes, que pourrait-il répondre à cette femme, lorsqu'elle lui dirait : « Vous voulez m'arracher l'unique' consolation qui me reste et que je puisse goûter! vous voulez me plonger dans le plus affreux désespoir!... Cruel! voyez mes maux, voyez mon courage, ma patience, ma résignation, le calme de mon âme, et frémissez de votre téméraire dessein! »

Félicie applaudit à la justesse de cette réflexion, et quitta la pauvre femme, en se promettant bien de revenir la voir aussi souvent que ses occupations et ses devoirs pourraient le lui permettre. Félicie et Paméla ne s'entretinrent tout le reste du jour que d'Alexandrine et de *la sainte femme.* « Comment se peut-il, disait Paméla, que jamais ma tante ne nous ait parlé de cette femme? — Voilà, reprit Félicie, ce qui doit mettre le comble à notre admiration. Tel est le caractère de la véritable vertu. Quand c'est la raison seule qui fait

faire une bonne action, alors on est tenté de s'en-
orgueillir des efforts qu'il en coûte ; mais, quand
c'est le sentiment qui nous porte au bien, au lieu
de s'admirer soi-même, on se dit : « Je ne mérite
pas d'éloges ; je n'ai fait que suivre mon inclina-
tion et les mouvements de mon cœur. » Avez-vous
jamais vu un avare se décider à faire un présent ?
C'est toujours avec une pompe, un emphase qui
prouvent combien cette action lui est peu familière
et combien il en tire de vanité. En effet, elle lui
coûte tant, qu'il faut bien lui pardonner le sot orgueil qu'il montre. Remarquez, au contraire, avec
quelle noble simplicité une personne généreuse
sait donner. C'est ainsi que les âmes communes
tirent vanité de leurs bonnes actions, parce que,
les trouvant pénibles, elles y attachent un mérite
extrême ; tandis que les grandes âmes sont préser-
vées de cet orgueil par leur élévation même et
par leur penchant sublime pour tout ce qui est
honnête et vertueux.—Cette réflexion, dit Paméla,
devrait bien faire aimer la modestie, ou du moins
engager ceux qui en manquent à cacher avec soin
leur orgueil, et à ne jamais se vanter de ce qu'ils
ont fait de louable, puisqu'une conduite différente
ne sert qu'à déceler la petitesse de leur âme et leur
peu de goût pour la vertu. »

Peu de jours après cet entretien, Félicie reçut

l'accablante nouvelle de la mort de sa belle-sœur;
elle l'avait toujours tendrement aimée, et les détails contés par *la sainte femme* la lui avaient encore rendue plus chère. Quoiqu'elle fût préparée
depuis trois mois à cet événement, elle en ressentit une profonde douleur. Elle s'empressa d'aller
trouver *la sainte femme*, pour goûter la triste consolation de pleurer avec elle, et d'entendre un
éloge funèbre digne de celle qui en était l'objet.

Paméla voulut remplacer l'intéressante et vertueuse Alexandrine auprès de la pauvre femme.
Elle lui rendait les mêmes soins, et la visitait régulièrement deux fois la semaine. Il y avait près
d'un an qu'elle remplissait ces devoirs touchants,
lorsqu'un matin, tandis qu'elle était occupée à
laver les pieds de la sainte femme, la porte de la
chambre s'ouvrit tout à coup ; un homme de cinquante ans, d'une figure noble et imposante, parut ; après avoir fait quelques pas, il s'arrêta....
Paméla était à genoux ; elle tenait les jambes desséchées de la pauvre femme, et les essuyait. Dans
cette attitude, elle avait la tête penchée, et ses longs
cheveux retombant sur son visage en cachaient
une partie. Au bruit que fit l'inconnu, elle leva la
tête, et ne put retenir un mouvement de surprise;
une vertueuse rougeur se répandit sur son visage,
et la rendit encore plus intéressante. Se retour-

nant vers une femme de chambre anglaise qui
l'avait accompagnée, elle la gronda un peu en anglais d'avoir oublié de mettre le verrou.

Aussitôt l'inconnu transporté s'écria en anglais :

« Grâce au ciel, cet ange est une compatriote ! »
L'étonnement de Paméla fut extrême, et son embarras s'accrut encore lorsqu'elle vit l'inconnu
s'approcher, prendre une chaise, et s'asseoir gravement vis-à-vis d'elle. Tandis qu'elle se pressait

d'envelopper les jambes de la bonne femme afin de s'en aller, l'inconnu ne cessait de regarder fixement Paméla. Il était tellement absorbé dans sa rêverie, qu'il n'avait pas l'air de s'apercevoir de l'embarras que causait sa présence. Enfin, Paméla se leva, dit adieu à la vieille femme, et passant devant l'inconnu en lui faisant une profonde révérence, elle sortit précipitamment.

Quelques jours après cette aventure, Paméla sut de sa protégée que l'inconnu était resté près d'une heure avec elle, qu'il lui avait fait mille questions sur la jeune personne qu'il venait de voir auprès d'elle, qu'il avait demandé son nom et celui de la personne qui l'avait élevée.

Le soir même, Félicie reçut une lettre qu'elle fit lire à Paméla, et qui était conçue en ces termes :

« Madame, je ne puis me résoudre à retourner en Angleterre sans prendre les ordres de la personne généreuse qui a daigné adopter une orpheline anglaise. L'aimable Paméla fait trop d'honneur à sa patrie et à l'éducation qu'elle vous doit, madame, pour ne pas inspirer le plus vif intérêt à un Anglais qui n'est pas indigne de jouir du bonheur de contempler de près la vertu. J'ai cinquante ans; ainsi, madame, j'ai le droit de vous

dire sans détour que la scène dont j'ai été témoin
il y a quelques jours a fait sur mon cœur la plus
profonde impression. La charmante Paméla à
genoux, et lavant les pieds de cette malheureuse
femme paralytique, ne s'effacera jamais de mon
souvenir. On m'a dit qu'elle avait en Angleterre
des parents qui refusaient de la reconnaître : daignez me confier le secret de sa naissance ; je vous
offre pour elle les services et le zèle du père le
plus tendre.

« Je suis, avec respect, etc.

« CHARLES ARESBY. »

« Je vous en prie, maman, s'écria Paméla après
avoir lu ce billet, ne voyez point cet Anglais. Vous
êtes tout pour moi ; ne cherchez point à me faire
reconnaître par des parents qui m'ont abandonnée : je suis à vous ; que manque-t-il à mon bonheur ?... — Mais, mon enfant, reprit Félicie, si
vos parents vous reconnaissaient, vous auriez un
nom, un état.... — Vous me donnez le doux nom
de fille ; vous me permettez de vous consacrer
ma vie ; que pourrais-je encore désirer ?—Laissez-
moi recevoir cet honnête Anglais : son admiration
pour ma Paméla me donne, je l'avoue, le désir de
le connaître. Il sait apprécier mon enfant ; n'est-
ce pas un titre auprès de moi ? Mais je te promets

de ne jamais lui confier ton nom sans ton aveu. »

A cette condition, Paméla donna son consentement à la visite de l'Anglais, et dès le lendemain M. Aresby fut reçu chez Félicie. Après les premiers compliments, M. Aresby renouvela ses offres de service, et conjura Félicie de lui confier le nom de famille de Paméla. Félicie lui avoua naturellement que Paméla elle-même s'opposait à cette confidence. « Je perds, dit M. Aresby, l'occasion de lui être utile. — Du moins, monsieur, reprit Paméla, ne doutez point de ma reconnaissance. Je ne puis envisager sans effroi le moindre changement dans mon sort, puisque je trouve dans la tendresse de ma généreuse bienfaitrice une félicité qui remplit tous les désirs de mon cœur ; mais je n'en suis pas moins touchée de vos bontés. »

M. Aresby regarda Paméla avec attendrissement, et se retournant vers Félicie : « Je pars, dit-il, à la fin de cette semaine ; oserais-je espérer, madame, que vous daignerez me permettre de me rappeler quelquefois à votre souvenir ? »

Félicie le remercia et lui demanda son adresse.

« Je n'habite plus Londres, dit M. Aresby, et je voyage souvent ; mais si vous voulez bien, madame, adresser vos lettres à Londres, sous l'en-

veloppe de *Mme Selwin*, elles me parviendront
sûrement. »

A ce mot de *Selwin*, Félicie s'émut; et Paméla
se troubla. M. Aresby, qui regardait Félicie, remarqua sa surprise, et lui demanda si Mme Selwin
avait l'avantage d'être connue d'elle. « Je connais
son nom, répondit Félicie. — Ce nom, reprit
M. Aresby, est le mien. — Comment? — Oui, madame; je l'ai quitté en épousant une héritière
dont on ne pouvait obtenir la main qu'en prenant
le nom de sa famille; je suis veuf depuis dix ans,
et je n'ai point d'enfants. — Aviez-vous un frère?
demanda Félicie avec une extrême émotion. —
Hélas! madame, répondit M. Aresby, j'en ai eu
deux, et je les ai perdus. Mme Selwin est veuve
du second, et le troisième....—Eh bien! monsieur?
— Cet infortuné, égaré par une passion funeste,
méconnut l'autorité paternelle.... Il fut déshérité.
Le repentir, le chagrin abrégèrent ses jours....
Notre malheureux père le suivit de près dans la
tombe.... J'étais absent alors.... un nouvel en-
chaînement de malheurs me força de prolonger
mes voyages, et je ne revins en Angleterre qu'au
bout de quatre ans. J'y appris la mort de la veuve
de mon second frère.... Elle avait laissé une fille;
je formai le projet de chercher cette enfant et de
l'adopter. La femme qui s'en était chargée venait

de mourir ; mais le mari de cette femme m'apprit qu'il tenait d'elle que la malheureuse orpheline n'avait survécu que de quelques mois à sa mère : cet homme ajouta qu'il n'avait revu sa femme que six mois après la mort de ma belle-sœur, et que déjà l'enfant n'existait plus.... »

En prononçant ces paroles, M. Aresby s'aperçut que Paméla cherchait en vain à cacher les larmes dont son visage était inondé. Surpris de son agitation, de sa pâleur, il la considère avec émotion. Félicie, aussi troublée que Paméla, tenait une de ses mains dans les siennes, et serrait tendrement cette main tremblante.... Tout à coup, Paméla éperdue se lève, et s'avançant d'un pas chancelant vers M. Aresby : « Oui, dit-elle, je dois me faire connaître au frère de mon père. — Juste ciel ! » s'écrie M. Aresby en se précipitant vers elle.

Paméla, saisie d'un effroi qu'elle ne peut vaincre, recule et se jette dans les bras de Félicie. « O ma mère ! dit-elle tout en larmes, ma bienfaitrice ! c'est à vous seule que j'appartiens ! gardez votre enfant ! ne l'abandonnez point !... Si vous cédez vos droits sur moi, vous me donnerez la mort !... »

En achevant ces mots, Paméla laisse tomber sa tête sur le sein de Félicie ; ses yeux se ferment :

elle s'évanouit. Félicie, hors d'elle-même, appelle du secours. Paméla bientôt reprend sa connaissance; elle ouvre les yeux. M. Aresby saisit une de ses mains. « O Paméla! lui dit-il, bannissez des craintes insensées et qui m'outragent! Je n'ai ni le droit ni le désir inhumain de vous arracher des bras de votre bienfaitrice; vous devez lui consacrer tous les moments de votre vie!... S'il est vrai que vous soyez cette enfant, cette infortunée Selwin, dont j'ai si longtemps déploré la perte, vous ne trouverez en moi qu'un ami, qu'un tendre père, incapable d'exiger de vous le plus léger sacrifice!... »

Paméla se jeta dans les bras de Félicie; elle exprima sa joie et sa reconnaissance pour M. Aresby avec cette grâce, cette sensibilité passionnée qui la caractérisaient. Félicie s'empressa d'aller chercher une cassette qui contenait les preuves de la naissance de Paméla. M. Aresby y trouva des lettres et différents papiers que la femme de chambre de Mme Selwin avait jadis remis à Félicie. Cette femme ayant reçu alors quelques présents de Félicie, on devina facilement qu'afin de ne pas les partager avec son mari, elle avait supposé la mort de la jeune Selwin, sûre d'ailleurs que cette enfant ne reparaîtrait jamais en Angleterre.

M. Aresby, au comble de ses vœux de retrouver

sa nièce dans cette même jeune personne dont les
vertus avaient fait sur son cœur une si profonde
impression, voulut qu'elle prît son nom dès le
jour même : par la suite, son affection pour Paméla devint si tendre, qu'il s'établit en France.
Paméla sut mériter ses bienfaits par son attachement et sa reconnaissance. Elle ne quitta jamais Félicie ; et le soin de la rendre heureuse fut
toujours pour elle le premier, le plus doux de ses
devoirs.

MICHEL ET JACQUELINE

MICHEL ET JACQUELINE.

Dans la province de Normandie, à quelques
lieues de Forges [1], près de la riche abbaye de
Bobec vivait un bon fermier nommé Anselme. Il
était pauvre, et pourtant si heureux, que depuis
quinze ans il n'était sorti de sa chaumière que
pour aller à l'église. Sa petite habitation était iso-
lée, au milieu d'une forêt ; il n'avait, pour société,
que sa femme et ses cinq enfants, et il n'en désirait

[1]. Village célèbre par ses eaux minérales.

pas d'autre. Il ne pouvait imaginer qu'après avoir labouré son champ, il fût possible de trouver un plaisir plus doux que celui de se reposer au sein de sa famille. Trois arpents de terre, deux vaches, quelques poules formaient toutes ses possessions. Il avait à son service une servante et un pâtre, qu'il est nécessaire de vous faire connaître particulièrement. La servante se nommait Jacqueline. Élevée depuis son enfance dans la maison d'Anselme, elle avait les mœurs et les goûts sédentaires de ses maîtres, et n'avait jamais été à plus d'une demi-lieue de la chaumière : elle ne connaissait que l'abbaye de Bobec et sa petite église. Elle avait bien entendu parler de Forges, mais comme ce village était à quatre lieues de son habitation, elle n'avait jamais eu la tentation d'entreprendre un aussi long voyage.

Jacqueline, comme vous le croyez bien, ne savait pas lire ; elle n'avait même, de sa vie, ouvert un livre. Ses talents étaient bornés ; ils se réduisaient à savoir traire les vaches, faire du fromage, et aider sa maîtresse dans les petits travaux du ménage ; son esprit n'aurait pas embrassé des connaissances plus étendues ; elle n'avait précisément que le degré d'intelligence nécessaire pour remplir passablement les devoirs de son état, et si le ciel ne lui eût pas donné des maîtres patients et humains, elle eût plus d'une fois couru le risque de perdre sa condition; mais du moins elle ne faisait point de fautes volontaires. Sa mémoire était présque nulle; joignez à cela qu'elle manquait de jugement et d'activité; mais ses intentions étaient si droites, son cœur si bon, que jamais Anselme et sa femme n'avaient pu se résoudre à la gronder. Le pâtre Michel, qui gardait les vaches, était encore moins actif, plus inintelligent que Jacqueline. La faiblesse de sa constitution excusait, aux yeux de l'indulgent Anselme, son indolence et son incapacité, d'ailleurs Michel était d'un naturel doux et paisible; il avait de la probité, un sang-froid inaltérable, et une sérénité d'âme que rien ne pouvait troubler.

Il y avait tant de conformité entre Michel et Jacqueline, qu'il eût été impossible que, se voyant tous les jours, ils ne se fussent pas attachés l'un à l'autre. La sympathie ne tarda pas à se déclarer, et les deux jeunes gens demandèrent à leurs maîtres la permission de se marier; ce qui leur fut accordé. Jacqueline, au bout de trois ans, se trouvait mère de trois enfants, qui furent élevés avec ceux d'Anselme.

Vers ce temps, Jacqueline éprouva un sensible chagrin. La femme d'Anselme mourut, et le bonhomme ne survécut que deux ans à sa femme.

Jacqueline et Michel perdaient le meilleur dés maîtres, et le seul appui qu'ils eussent sur la terre.
Des parents, tuteurs des enfants, vinrent s'emparer
du petit héritage, et furent assez cruels pour ren-
voyer Michel et Jacqueline.

Il leur fallut quitter la cabane chérie qu'ils
étaient habitués à regarder comme leur maison
paternelle; il leur fallut s'arracher des bras des
petits enfants du vertueux Anselme, de ces enfants
qui, depuis deux ans, donnaient à Jacqueline le
doux nom de mère! La pauvre femme les embrassa
en pleurant, et sortit désespérée, suivie de ses
trois enfants et du triste Michel, qui portait sous
son bras un gros paquet contenant quelques vête-
ments grossiers, le seul bien qui restât à cette famille infortunée.

Dans cette affreuse situation, ils n'éprouvèrent
heureusement aucune de ces inquiétudes inces-
santes qui tourmentent les gens prévoyants; ils
étaient de caractère à ne ressentir jamais que la
douleur du moment, et à ne se préoccuper nullement de l'avenir.

Avant de se mettre en route, Michel et Jacqueline avaient bien dîné, sans s'inquiéter où et comment ils souperaient. Ils ne s'entretenaient que de
leur bon maître, des regrets que leur causait sa
mort, et de leur tendresse pour les enfants qu'ils

avaient été forcés d'abandonner. Tout en causant
ainsi, ils marchèrent à l'aventure, et s'égarèrent

dans la forêt. Jacqueline était grosse de six mois.
Comme elle était fatiguée, elle s'assit au pied d'un

arbre. Son mari s'assit à côté d'elle, et les trois petits enfants se rangèrent autour d'eux. On était au mois de juillet; lorsque le jour commença à baisser, un des petits enfants dit qu'il avait faim, et les deux autres, au même moment, deman-. dèrent du pain. Michel avait quelques provisions dans un havre-sac; il les partagea avec sa femme et ses enfants. Après souper, on se décida à passer la nuit dans le bois, et à la pointe du jour on trouva un sentier battu qui conduisit dans une espèce de plaine inculte à l'extrémité de la forêt.

Ce lieu sauvage était rempli de bruyères; on découvrit une source d'eau pure qui sortait d'une roche couverte de mousse. Cette vue causa la joie la plus vive à Jacqueline, car ses enfants mouraient de soif. Pour surcroît de bonheur, la lisière du bois était bordée d'une infinité de noisetiers, de mûriers et de framboisiers sauvages, et on y trouvait une grande quantité de fraises. Jacqueline fut enchantée à l'aspect de ce jardin naturel. « Michel! s'écria-t-elle, établissons-nous ici; voilà de l'eau, voici des fruits nous y pourrons vivre. Faisons une cabane de feuillage pour nous garantir de la pluie.

— Mais il faudrait avoir la permission de couper des branches d'arbres? »

Cette réflexion attrista Jacqueline. Dans ce moment, elle aperçut à quelque distance, un jeune

paysan qui cueillait des fraises ; elle s'approcha de
lui, et lui demanda s'il savait à qui appartenait le
lieu où ils étaient. « Vous êtes sur les terres de l'abbaye de Bobec, reprit le paysan. — Sommes-nous
loin de l'abbaye ? — A trois petits quarts de lieue,
et j'y vas porter tout à l'heure les fraises que je
viens de ramasser. »

Jacqueline tint conseil avec son mari ; il fut convenu que Michel partirait avec le jeune paysan
pour se rendre à l'abbaye de Bobec. Jacqueline,
ayant fait promettre à son mari de revenir le plus
promptement possible, resta avec ses enfants à
l'entrée du bois.

Arrivé à l'abbaye, Michel obtint une audience
de l'abbé ; il lui exposa sa situation, et finit par
demander de l'ouvrage, ou du moins la permission
de s'établir sur la lisière du bois où ils s'étaient
arrêtés. « Mais, demanda l'abbé, que savez-vous
faire ? — Je sais garder les vaches. — Nous n'avons
pas besoin de pâtre : d'ailleurs, vous n'êtes pas
de nos terres. — Je n'ai pas de quoi vivre : cela
revient au même. — Nous ne pouvons malheureusement secourir tous les pauvres. — Je ne
suis pas un pauvre : je ne demande pas l'aumône ;
nous avons du cœur, nous voulons bien travailler.
— Je vous répète que les habitants de nos terres
méritent la préférence. — Je suis pourtant bien

faible et bien maladif! ainsi, vous devriez bien
me prendre à votre service. — Comment! parce
que vous êtes hors d'état de servir? — Vraiment
oui; c'était à cause de cela que défunt mon maître
Anselme m'avait pris, et qu'il me gardait. Mais
vous, monsieur l'abbé, si vous n'aimez pas les
infirmes, du moins donnez-moi la permission de
bâtir une petite cabane de feuilles au milieu de
ces bruyères. — Et comment vivrez-vous là? —
Avec des fruits sauvages et des racines : il y a du
cresson, des fraises, des noisettes, de l'eau ; c'est
un vrai paradis. — Et l'hiver? — L'hiver!... Ah!
nous n'avions pas pensé à l'hiver. Mais il ne vien-
dra pas de sitôt : nous ne sommes qu'au mois de
juillet. — Écoutez, mon brave homme, puisque
vous le désirez tant, je vous permets de bâtir une
cabane; et de plus, je vous autorise à venir tous
les deux jours à l'abbaye prendre une provision
de pain et de pommes de terre pour vous et votre
famille. — Justement j'ai un havre-sac. — Allez :
c'est tout ce que je puis faire. — C'est plus que je
ne demandais : oh! Jacqueline sera bien contente. »

En disant ces paroles, Michel sortit précipitamment. Il était déjà hors de la cour de l'abbaye,
lorsqu'on le rappela, par l'ordre de l'abbé, pour
lui donner du pain bis et des pommes de terre

cuites sous la cendre. Michel, qui avait une probité délicate, refusa d'abord de les recevoir.
« M. l'abbé, ajouta-t-il, m'a dit que ce ne serait
que tous les deux jours ; ainsi, je reviendrai les
prendre après-demain. » Malgré sa résistance, on
remplit ses poches de la petite provision donnée
pour deux jours, et il partit très-satisfait de l'heureux succès de sa démarche. Il s'empressa d'aller
retrouver Jacqueline, et l'abordant d'un air triom-
phant, il répondit à toutes ses questions. Jacqueline, charmée de ce récit, le gronda cependant de
n'avoir pas acheté dans le village de Bobec une
serpe pour couper les branches d'arbres. « Car
enfin, dit-elle, nous avons neuf livres dix sous
(c'était le fruit de leurs épargnes de dix ans); que
veux-tu que nous fassions de cet argent ? — C'est
vrai, répondit Michel; mais on ne peut pas penser
à tout ; nous avions bien oublié que l'hiver vien-
drait ! — A propos de l'hiver, il faudra que tu
gardes de l'argent pour acheter des peaux de mouton. — Oui, car il faut que nous ne manquions
de rien, puisque nous devons passer notre vie ici.
— Allons, mettons-nous à l'ouvrage. Nous pouvons toujours couper de petites branches avec nos
couteaux. »

En disant ces paroles, Jacqueline s'achemina
vers le bois. Son mari la suivit, et tous deux tra-

vaillèrent sans relâche jusqu'à la nuit. Le mari et
la femme n'étaient ni robustes ni industrieux; aussi
furent-ils plus de quinze jours à construire une
petite cabane, à la vérité assez solide, mais qui
avait un inconvénient dont ils ne s'aperçurent que
lorsque l'ouvrage fut presque entièrement fini. Ils
avaient oublié (car, comme disait Michel, on ne
peut pas penser à tout) qu'ils devaient loger dans
cette cabane, et que par conséquent il était indis-
pensable que son élévation fût proportionnée à
leur taille. Mais comme il est plus commode de
travailler à hauteur d'appui que d'élever les bras
au-dessus de sa tête, ils avaient choisi la manière
la moins fatigante; de sorte que Jacqueline et Michel auraient pu s'appuyer sur le toit de leur
cabane, comme on s'appuie sur un balcon. Jacqueline fut la première frappée de ce défaut de
construction : quoique l'édifice fût très-avancé,
elle eut le courage de recommencer sur nouveaux
frais; mais Michel l'en détourna. « Au reste, dit-il,
on n'entre dans sa maison que pour se reposer, ne
suffit-il pas qu'on puisse y être assis ou couché ? »

Jacqueline n'eut rien à répondre à ce raisonne-
ment et, malgré cette erreur dans les dimensions,
la cabane fut achevée.

Le jour où l'on y dîna pour la première fois fut
un jour de fête. Justement Michel avait été le matin

Tous deux travaillèrent sans relâche jusq'à la nuit.... (Page 201.)

à l'abbaye ; il rapportait des pommes de terre et
du pain frais, et en outre une pinte de lait et des
œufs qu'il avait achetés dans le village. La joie des
petits enfants fut extrême à la vue de ce délicieux
festin. Leur gaieté excita celle de Michel et de Jacqueline. Enfin, rien ne manquait à l'agrément du
repas, car les convives avaient autant d'appétit que
de bonne humeur. La nuit, on dormit du sommeil
le plus tranquille. Après avoir passé vingt-huit
nuits aux injures de l'air, on trouva une douceur
inexprimable à se reposer sur une épaisse feuillée
et à se coucher sur de la paille bien fraîche. Le
lendemain matin, on se réveilla dans la plus parfaite santé.

« Il n'y a rien de tel, dit Michel, que d'avoir
toutes ses aises. On a beau dire qu'on s'accoutume
à tout, je n'aurais jamais dormi comme cela sur la
terre et à la belle étoile. — Ni moi non plus, reprit
Jacqueline. Je me souviens toujours de la bonne
étable où nous couchions chez notre pauvre maître.
— Jacqueline, notre cabane vaut bien l'étable,
n'est-ce pas ? — Oh ! sûrement ; et puis, nous sommes chez nous, et, comme le disait notre maître,
on n'est heureux que dans son ménage. »

Ce ménage, qui suffisait au bonheur de Jacqueline, n'était formé que de la veille. Michel avait
acheté une écuelle et cinq cuillers de bois, des

peaux de mouton, du lin pour Jacqueline, qui possédait une quenouille et qui savait filer assez passablement. Tel avait été l'emploi des neuf livres
dix sous. Michel, de son côté, se créa quelques
occupations ; il prenait avec de la glu de petits oi-
seaux qu'il portait à l'abbaye ; et au bout du mois
il allait vendre le lin qu'avait filé sa femme, ce qui
produisait un mince revenu ; car, comme je l'ai
dit, Jacqueline n'était ni active ni laborieuse.

Tout l'été se passa de la sorte. Au mois de septembre, Jacqueline accoucha le plus heureusement
du monde d'une petite fille, qu'elle nourrit. Enfin
l'hiver vint, et malgré les peaux de mouton, la cabane parut alors beaucoup moins agréable, d'autant plus qu'on était privé des framboises, des
mûres et des autres fruits des bois. Cependant Michel et Jacqueline ne souffrirent pas du froid autant qu'on pourrait l'imaginer. Ils n'avaient de
leur vie couché dans une chambre bien close et à
cheminée : l'étable dont ils conservaient un si doux
souvenir avait un toit percé en plusieurs endroits,
et une porte dont les planches mal jointes laissaient dans toute l'étendue des battants trois ou
quatre fentes assez larges pour y passer facilement
la main. Ainsi, Jacqueline et son mari, même pendant le temps le plus rigoureux de l'hiver, ne
trouvèrent pas une grande différence entre leur

cabane et l'étable, objets de leurs regrets, durant
l'été, la feuillée, située sur un terrain sec et abritée
par une forêt remplie de fleurs champêtres, de racines et de fruits, était plus agréable qu'une étable
obscure et humide, bâtie dans une petite basse-
cour pleine de fumier, et traversée par une grande
mare d'eau verte et bourbeuse.

Sur la fin de l'hiver, Michel, qui, depuis deux
mois, marchait avec beaucoup de peine, se trouva
dans l'impossibilité absolue de se rendre à l'abbaye
pour recevoir sa subsistance : Jacqueline y alla à
sa place, et le pauvre Michel resta dans sa cabane,
tristement couché sur son lit de feuilles. Il ne souf-
frait point de douleurs vives; sa tranquillité naturelle et sa piété le préservaient de l'impatience et
de l'ennui : il priait Dieu toute la journée; Jacqueline filait ou disait son chapelet à côté de lui ;
ses petits enfants venaient le caresser, et il ne se
trouvait point absolument malheureux. Un an se
passa de la sorte.

Il y avait déjà deux années que Michel et Jacqueline habitaient leur cabane. Un jour (c'était au
mois de juillet), Jacqueline, qui avait été ramasser
des feuilles dans le bois, accourut tout essoufflée
à la cabane : « Ah ! Michel, s'écria-t-elle, la belle
chose que je viens de voir! — Quoi donc? — Un
beau carrosse tout jaune qui n'a point de toit :

c'est quasiment fait comme une charrette, mais
c'est reluisant.... et puis, six chevaux tout bigarrés
d'argent!...et de belles dames dans le carrosse, des
beaux messieurs derrière, et qui sont habillés de
rouge ! »

La calèche parut bientôt. Jacqueline s'élança
hors de la cabane; tous les petits enfants la sui-

virent. Dans la voiture était une jeune dame; elle
jeta sur Jacqueline et sur ses enfants le plus doux
regard, et cria au cocher d'arrêter. Jacqueline,
surprise et enchantée, n'osait avancer.

La jeune inconnue, suivie de quatre dames qui
descendirent avec elle de la calèche, s'approcha de
Jacqueline. « Ces quatre enfants, lui dit-elle, sont-

ils à vous? — Oui, madame. — Pauvres petits! ils
sont presque entièrement nus. —Oh! les deux derniers ont des brassières; mais nous les gardons
pour l'hiver. — Et vous passez le jour dans cette
cabane? — Le jour et la nuit aussi. — Quoi! vous
n'avez point d'autre logement? — Non, madame,
depuis deux ans; mais nous y sommes bien pendant l'été: il n'y a que l'hiver qui est un peu rude,
surtout depuis que mon mari est malade. —Votre
mari est malade! est-il couché dans cette petite
cabane? — Oui, madame. — O ciel!... Ah! que je
suis heureuse qu'on nous ait égarées dans cette
forêt, et que le hasard nous ait conduites ici! »

En disant ces mots, l'inconnue s'avança vers la
cabane et y entra avec les dames de sa suite, non
sans peine; car les souliers à talons[1], les chapeaux
et les plumes obligèrent de se courber tellement,
que l'inconnue, ne pouvant supporter la contrainte
de cette attitude, prit le parti de se mettre à genoux : « Grand Dieu! dit-elle, en tournant vers
Michel des yeux humides de larmes, se peut-il que
depuis deux ans vous n'ayez point eu d'autre
asile?... Comment n'avez-vous point trouvé des
secours à Forges? — Oh! madame, Forges est si

1. On a porté des souliers à talons jusqu'à la révolution de
1789.

14

loin ! répondit Jacqueline. — Vous n'en êtes qu'à
trois lieues. — Mon mari est impotent depuis dix-
huit mois : je ne pouvais le laisser là pour faire
moi-même un si grand voyage ; et puis nous ne
manquons pas de secours ; on nous donne du pain
et des pommes de terre. »

CARBONNEAU SC.

A ces mots, l'inconnue tira sa bourse de sa
poche : « Tenez, dit-elle à Jacqueline , ce soir je
vous enverrai chercher, et, puisque vous aimez ce
lieu, vous y reviendrez, je vous le promets ; mais
vous irez passer quelque temps à Forges, car votre
mari a besoin des secours d'un médecin. »

Jacqueline se mit à considérer les pièces d'or que l'inconnue venait de lui donner ; enfin, rom-

pant le silence : « Puisque vous êtes si bonne, madame, dit-elle, je vous avoue que ces pièces-là ne peuvent nous servir; on ne connaît pas ça dans le pays. — Quoi! vous n'avez jamais vu d'or? — Oh! si fait : j'ai vu de la dorure dans la chapelle de Bobec; mais la monnaie d'or n'est sûrement pas reçue dans le pays, car je n'en ai même pas entendu parler. »

L'inconnue, frappée d'un excès de misère dont elle n'avait jamais eu l'idée, ne put retenir ses larmes. Cependant elle engagea Jacqueline à garder l'or qu'elle avait reçu; mais, pour la satisfaire, elle lui fit donner quelques écus, qui furent acceptés avec autant de satisfaction que de reconnaissance.

L'inconnue et les dames qui l'accompagnaient sortirent de la cabane, montèrent en calèche, et retournèrent à Forges, laissant Michel et Jacqueline transportés de joie et d'admiration. Ils ne s'entretinrent que de *la belle dame*, et le soir, ils en parlaient encore, lorsqu'on vint les chercher pour les conduire à Forges. Quatre hommes posèrent doucement Michel sur un brancard, et le portèrent ainsi couché sur un matelas. Jacqueline et ses enfants montèrent dans une charrette couverte, et la petite famille arriva à Forges vers les neuf heures du soir. On les conduisit dans une maison où ils trouvèrent du linge et de bons lits.

Aussitôt que Michel fut couché, Jacqueline le

quitta pour aller questionner son hôtesse. Au bout
d'un quart d'heure, elle revint. « Oh! Michel, s'é-
cria-t-elle, tu vas être bien émerveillé!... — Dis
donc vite.—La belle dame!... Sais-tu ce que c'est
qu'une princesse? — Non. — Eh bien! la belle
dame est une princesse..., et puis elle s'appelle
encore duchesse..., et puis elle a encore un autre
nom..., mais je l'ai oublié, le troisième nom....
Enfin, par-dessus tout cela elle est parente du roi.
— Elle n'en est pas plus fière, toujours. — Oh!
pour cela, non. — Une parente du roi avoir un
regard si humain, une si douce parole! — Tu ne
devinerais jamais pourquoi elle est venue à Forges?.
C'est pour boire d'une certaine eau qui a de
grandes vertus; moi, je n'ai pas grand'foi à cette
fontaine-là; mais je ferai une neuvaine pour que
Dieu donne à cette chère bonne dame tout ce
qu'elle peut désirer. »

L'hôtesse interrompit cet entretien en apportant un excellent souper. Michel et sa femme n'a-
vaient jamais bu de vin. Ils en burent pour la
première fois à la santé de leur bienfaitrice, et
Jacqueline se coucha, en remerciant le ciel et en
bénissant mille fois sa jeune protectrice.

Le lendemain, Jacqueline fut éveillée par une
couturière qui vint lui prendre mesure, ainsi
qu'à ses petits enfants, en disant que la princesse

lui avait commandé des chemises et des habits
pour toute la famille. En effet, quelques jours
après, Jacqueline reçut le trousseau le plus com-
plet : bas, souliers, coiffure, rien n'était oublié.
La pauvre mère se livrait à une joie d'autant
plus pure, que la santé de Michel se réta-
blissait à vue d'œil. Les soins assidus du médecin, un logement sain, une bonne nourriture
avaient déjà produit un mieux surprenant, et,
au bout de trois semaines, Michel fut en état
de se lever et de marcher dans sa chambre.

A cette époque, Jacqueline eut une entrevue
avec sa bienfaitrice, qui, lui présentant un trousseau de clefs : « Voilà, lui dit-elle, les clefs de
votre maison et de vos armoires; allez chez
vous, ma bonne Jacqueline; j'irai vous voir demain matin et vous demander à déjeuner. »

Jacqueline, éperdue, bégaya quelques mots
de remercîment, et reçut les clefs d'un air em-
barrassé, ne pouvant croire qu'elle eût une
maison et des armoires, ni que *la parente du
roi* pût venir déjeuner chez elle..

Le jour même, Michel, sa femme et ses enfants furent reconduits au lieu où on les avait
trouvés. Mais quelle fut leur surprise en voyant,
à la place de leur cabane de feuilles, une jolie
petite maison située au milieu d'un grand jar-

din! Les enfants poussèrent des cris de joie ;
Michel et Jacqueline les embrassèrent en pleurant. « O mon Dieu ! dit Jacqueline, en joignant
les mains, qu'avons-nous fait pour mériter tant
de bonheur ?... »

La charrette s'arrêta ; on fit entrer Michel et
Jacqueline dans leur habitation, composée de
deux jolies chambres, d'un bûcher et d'une petite cuisine remplie de tous les ustensiles nécessaires dans un ménage. La chambre avait
une cheminée, et pour meubles deux bons lits
avec des rideaux d'indienne, deux tables de bois,
quatre chaises de paille, deux fauteuils et une
grande armoire. Jacqueline, prenant son trousseau de clefs, ouvrit l'armoire, et y trouva deux
habits complets pour son mari, autant pour elle
et pour les enfants, des chemises, des bas, des
bonnets, et en outre, des draps, des nappes et
une énorme provision de lin pour filer.
Quand Jacqueline eut fait l'inventaire de son
armoire, on la mena dans son jardin déjà rempli
de légumes ; ensuite on lui fit voir une petite
basse-cour où se trouvaient une vingtaine de
poules, et une étable qui renfermait deux belles
vaches ; on lui apprit qu'elle possédait encore
un petit pré, situé à un demi-quart de lieue de
sa maison.

Jacqueline croyait rêver. « Quoi! disait-elle
à son mari, nous sommes plus riches que ne
l'était défunt notre maître Anselme!... Sa chaumière n'était qu'une masure au prix de celle-ci.
Notre jardin est deux fois plus grand que n'était
le sien. Oh! Michel! il ne faudra jamais oublier
notre feuillée, surtout l'hiver, quand nous serons
avec nos enfants autour du feu, afin de remercier
toujours Dieu d'aussi bon cœur qu'à présent. »

En parlant ainsi, de douces larmes coulaient
des yeux de Jacqueline; Michel pleurait aussi,
et l'un et l'autre embrassaient les enfants, et
recevaient leurs caresses avec un plaisir, une
joie qu'ils n'avaient jamais ressentis.

Jacqueline ne put fermer l'œil de la nuit;
elle ne cessa de prier Dieu de bénir son illustre
bienfaitrice. Au point du jour, elle se leva ainsi
que son mari. L'heureux couple s'empressa de
visiter de nouveau la cuisine, le jardin, l'étable.
Ensuite on habilla les enfants, on se para de
ses plus beaux habits, et l'on s'occupa du déjeuner. On étala sur la table une nappe toute
neuve; on y posa deux grandes jattes pleines
de crème, du bon pain bis, du beurre frais, et
une corbeille de noisettes nouvellement cueillies :
alors on attendit *la bonne chère dame* avec autant
de trouble que d'impatience.

A onze heures, le fils aîné, posé en sentinelle
du côté du bois, quitta son poste, et vint annoncer qu'il voyait de loin la calèche. Alors
Jacqueline et Michel se prirent le bras : Michel,
encore mal assuré sur ses jambes, s'affligeait
de ne pouvoir marcher plus vite : les enfants,
voulant courir devant, se précipitèrent en tumulte
vers la porte. Le père et la mère les rappelèrent,
et pour la première fois se plaignirent de leur
désobéissance.

Au moment où Jacqueline et Michel arrivaient
à la porte de leur cour, la jeune princesse descendait de sa voiture. Ils se jetèrent à ses pieds,
et Jacqueline lui montrant Michel : « Oh! madame, dit-elle d'une voix entrecoupée, il est
guéri! il peut marcher. Nos enfants ne souffri-
ront plus du froid, nous avons un abri pour
l'hiver et l'été; et c'est à vous que nous devons tout cela : le bon Dieu vous récompensera;
pour nous, hélas! nous ne pouvons que vous
remercier! »

La charmante et vertueuse princesse mêla
ses larmes à celles de ses protégés; elle releva
Jacqueline, et lui prenant le bras, elle entra
ainsi dans la maison. Le déjeuner fut trouvé
excellent, on se promena dans le jardin, et l'on
entra dans l'étable.

A midi, la princesse prit congé de ses hôtes, et remonta en voiture. Elle venait de voir par elle-même qu'il n'y a point d'états, point de classes où l'on ne puisse trouver des sentiments nobles et généreux. Les maçons qui avaient bâti la maison, touchés d'une action qui assurait le bonheur d'une famille entière, voulurent y contribuer autant qu'il était en eux. Ils avaient travaillé jour et nuit, et lorsque la maison fut achevée, ils refusèrent l'argent qu'on leur offrit en payement. Il fut absolument impossible de leur faire rien accepter, et on ne put les payer qu'en les employant sur-le-champ à d'autres travaux pour lesquels on leur donna le double de la somme qu'ils demandaient.

RECONNAISSANCE ET PROBITÉ

RECONNAISSANCE ET PROBITÉ[1]

Dans le fond de l'Auvergne, à peu de distance de Clermont, vivait un honnête cultivateur, que divers accidents avaient entièrement ruiné, malgré la sagesse de sa conduite. Il était veuf, et

[1]. Cette histoire n'est point d'invention ; elle est consignée dans les mémoires de l'Académie française, et elle a eu la plus grande publicité. On a conservé fidèlement les noms des deux héros.

ne s'étant marié qu'à l'âge de cinquante-deux ans,
il était déjà un vieillard lorsque son fils unique
n'avait encore que dix ans. Ce bon paysan, nommé
Furcy, habitait une petite cabane délabrée; il travaillait en journée, et son modique salaire suffisait à peine pour sa subsistance et celle de Bourguignon, son enfant; cependant il avait conservé
une chèvre, uniquement destinée à la
nourriture de Bourguignon. Le pauvre Furcy se
privait de tout pour subvenir aux besoins de son
fils; mais, à la fin, sa misère devint telle, qu'il
fut obligé de l'envoyer à Paris pour y chercher
fortune; un roulier de ses amis se chargea de
l'y conduire *gratis*. Ce roulier consola de son
mieux l'infortuné Furcy. « Votre petit Bourguignon, lui dit-il, est avisé, intelligent; d'ailleurs
il est robuste, accoutumé à gravir nos montagnes, il fera les commissions mieux qu'un autre;
et puis je l'établirai dans la rue Saint-Honoré, à
côté de la *maison neuve des Feuillants*; j'ai là des
connaissances, entre autres celle du portier Chassin, qui est jeune, et un bien brave homme; je
vous réponds qu'il prendra en amitié Bourguignon, et qu'il lui sera bien utile. » Ces promesses
adoucirent un peu la douleur de Furcy; il donna
à son fils ses plus tendres bénédictions. Bourguignon, tout en pleurs, lui promit de revenir

au bout de six mois. Durant le voyage, qui fut très-heureux, il pleurait souvent; le roulier chantait. Malgré son chagrin, Bourguignon ne perdait pas une occasion de se rendre utile : placé sur la grande charrette, il se hâtait d'en descendre au moindre accident; il étonnait le roulier par sa force, son adresse et son agilité; et il acheva de gagner entièrement son affection.

Enfin, on arriva à Paris; Bourguignon fut bien surpris de trouver cette ville beaucoup plus grande que Clermont. Le roulier, suivant sa promesse, le présenta, le jour même, au portier Chassin; celui-ci le reçut parfaitement, et lui donna des marques non équivoques de bienveillance et d'intérêt. Il obtint pour lui la permission de passer une huitaine de nuits sous un hangar qui se trouvait dans la cour; en outre, il lui donna à manger; et, dès le lendemain, il parla en sa faveur à quelques-uns des locataires, et leur inspira le désir de voir son protégé. Chacun fut charmé de la vivacité et de la gentillesse du petit Auvergnat; on lui promit de le choisir pour commissionnaire, quand il connaîtrait un peu les rues de Paris. Bourguignon acquit promptement cette connaissance, grâce aux conseils et aux renseignements de son protecteur Chassin, et alors il eut un grand nombre de pratiques. Mal-

gré son jargon auvergnat, il se faisait entendre
parfaitement ; il était si diligent, si exact et si
fidèle, qu'on le préférait aux commissionnaires
les plus expérimentés, et qu'on le payait toujours
avec une libéralité particulière.

Tandis que Bourguignon prospérait à Paris,
son pauvre père, en Auvergne, endurait les fatigues du travail le plus pénible, les angoisses de
la misère et les tourments des inquiétudes pa-
ternelles. Il n'était nullement soulagé dans sa dépense par le départ de son enfant : car non-seulement il ne voulait pas profiter des travaux
particuliers de Bourguignon, mais il avait formé
le prejet de mettre de côté pour lui quelques
petites épargnes de son propre travail. « J'aurai du
moins en mourant, se disait-il, la consolation de
lui laisser une bonne petite somme pour héritage. »

Cette idée donnait un grand courage à Furcy,
malgré l'épuisement de ses forces physiques. Un
matin, au mois de décembre, il retournait à pied
lentement chez lui, lorsque, succombant à sa
lassitude, il fut obligé de s'arrêter et de s'asseoir
sur une pierre. Il se trouvait au pied de la fa-
meuse montagne dont le sommet était habité par
la respectable famille des Pinon[1]. « Hélas, dit

1. Communauté célèbre de riches et vertueux laboureurs.

Furcy, en levant les yeux vers la montagne, si je
pouvais monter. là-haut, j'y trouverais tous les

secours dont j'ai besoin; mais il faudra peut-être
que je meure ici, à côté des meilleurs amis des

possesseurs de la montagne et de tous les champs d'alentour,
formant une espèce de petite république, ayant ses lois particulières, et dont le père ou l'aïeul de la famille était le chef.
Leurs coutumes, leur piété, leurs mœurs simples, semblaient
reproduire et réaliser toutes les traditions de l'âge d'or. L'auteur de cet ouvrage a vu cet établissement, et tout ce qu'elle
va décrire relativement à cette famille sera de la plus scrupu-
leuse exactitude. On ignore si, par un heureux oubli, la révolution a laissé subsister, sur la cime de cette montagne, l'ordre,
la paix et un bonheur d'autant plus pur que la religion et la
piété filiale en étaient les bases.

15

pauvres voyageurs ; ils sont là, ils ne peuvent
m'entendre, et je ne puis profiter de leur compassion et de leur charité ! »

Cependant le malheureux Furcy, faisant un effort en s'appuyant fortement sur son bâton, essaya de faire quelques pas sur le chemin escarpé
de la montagne; mais il ne put continuer, et,
sans son bâton il aurait fait une chute dangereuse : alors perdant tout espoir, il pensa à son
enfant, et ne put retenir ses larmes ; mais, appelant à son aide Celui qui nous entend toujours, il
invoqua Dieu, lui demanda de bénir son fils, de
lui tenir lieu de père ; résigné à son sort et con-
fiant dans la divine providence, il croisa ses bras
sur sa poitrine, ses yeux se fermèrent : il s'évanouit !....

Quelques minutes après, un des jeunes Pinon,
revenant à la montagne sur un char à bancs,
aperçut le vieillard ; il s'approcha, et voyant qu'il
était sans connaissance, il le prit dans son char
à bancs, et continua sa route. Pendant le trajet,
Furcy reprit l'usage de ses sens : la vue d'un
visage humain lui causa une telle joie, qu'il se
ranima tout à fait, et lorsqu'il examina ce jeune
homme, dont la douce physionomie exprimait
une tendre compassion, il crut voir un ange libé-
rateur.

Arrivé dans l'habitation des Pinon, on le fit
entrer dans la vaste et belle cuisine qui servait de
salle à manger et de salon à toute la famille. Le
vieillard remarqua, en entrant, quinze ou seize
jeunes filles vêtues uniformément de calmande
brune, et portant attachés sur leurs têtes de
longs voiles blancs, modeste parure qui les distin-
guait des femmes mariées; chacune d'elles tenait
une quenouille et filait. Leurs mères et grand'mères assises vis-à-vis d'elles filaient aussi, mais au
rouet. Cette intéressante réunion, qui offrait le
contraste de la grave expérience un peu sévère
avec la douce et timide innocence, charma les
yeux du vieillard; les jeunes filles se levèrent à
son approche et le firent asseoir au coin du feu,
dans le grand *fauteuil d'hospitalité* : c'est ainsi
qu'on appelait dans cette maison le siége commode et bien rembourré que l'on destinait au
voyageur malade ou fatigué. Lorsque aucun étranger n'était dans cette salle, le fauteuil restait vide.
Deux jeunes filles s'empressèrent de ranimer le
feu pour réchauffer le vieillard; d'autres lui pré-
parèrent un bouillon, tandis que le grand-père,
chef de la famille, donnait des ordres pour son
dîner et pour qu'il fût logé durant deux ou trois
jours.

Il y avait toujours dans cette maison un loge-

ment séparé pour un écclésiastique infirme ou oc-
togénaire, oncle ou grand-oncle des maîtres de
cette ferme immense : car, de temps immémorial,
à chaque génération un cadet de famille entrait
au séminaire et se faisait prêtre ; et, s'il arrivait
qu'il ne fût plus en état d'exercer les fonctions du
saint ministère, il était reçu avec vénération dans
ce paisible asile. A cette époque, il y en avait un
âgé de quatre-vingt-six ans ; comme Furcy se
trouva beaucoup mieux dans l'après-midi, il témoigna le désir de recevoir la bénédiction du
pieux et vénérable ecclésiastique. On le conduisit
vers lui ; il était dans son oratoire. Furcy éprouva
une joie mêlée d'espérance en voyant un vieillard
âgé de vingt-quatre ans de plus que lui!... Mais
son âme fut remplie d'une bien douce consolation quand il eut entendu ses saintes exhortations,
et qu'il eut reçu de sa main un chapelet bénit.

A son retour dans la salle, Furcy y retrouva les
jeunes filles qui, toutes à l'unisson, chantaient
des noëls (car on était à la surveille de cette
grande fête); ces voix si fraîches, si justes et si
mélodieuses, lui causèrent un tel ravissement,
que la nuit suivante, durant un tranquille sommeil, il crut toujours entendre les célestes concerts
des anges.

Il fut convenu que Furcy passerait plusieurs

jours sur la montagne. Le lendemain matin, il
alla de bonne heure faire sa prière dans l'oratoire,
et après le déjeuner, comme il faisait beau, on le
mena dans le verger, où il fit une assez longue
promenade. Le chef de la famille ramena Furcy à
la maison et le fit asseoir dans le fauteuil hospi-
talier. En ce moment on vint annoncer la visite
de la marquise de ..., qui voyageait avec quelques
autres personnes, et qui ne voulait pas quitter
l'Auvergne sans avoir visité la célèbre communauté des Pinon. En entrant dans la salle, la marquise s'approcha du feu pour se chauffer, et le
maître de la maison, se tournant vers elle, lui
dit en lui montrant Furcy : « Madame, je ne vous
offre pas la place d'honneur ; vous le voyez, elle
est occupée par un étranger malade. »

Comme le dîner était servi, on y invita la marquise, qui accepta avec plaisir, ainsi que les amis
qu'elle avait amenés. On se mit à table avec les
bons paysans ; la marquise admira leur politesse
naturelle ; on parla des merveilles de l'Auvergne,
de ces volcans éteints qui forment de profondes
cavités en entonnoir où l'on peut descendre, et au
fond desquels on trouve souvent quelque grand
châtaignier. On vanta la beauté de la grotte de
Royat avec ses nombreuses cascades, près de Clermont. On n'oublia pas de mentionner les fontaines

de poix, et celle qui à la propriété de pétrifier promptement les substances végétales ou animales qu'on y plonge, en les recouvrant d'un sédiment qui acquiert avec le temps une excessive dureté. Un des jeunes Pinon fit un long éloge de l'étendue des bois et de la beauté du château de la terre de Randan.

Aussitôt après le dîner la marquise quitta ses hôtes, emportant de cette montagne et de ses habitants un souvenir que le temps n'a point effacé; et quelques jours après, Furcy, comblé de leurs bontés et bien reposé de ses fatigues, reprit le chemin de sa chaumière.

Pendant que ce bon vieillard employait ses forces défaillantes à grossir la somme qu'il destinait à son enfant, ce dernier de son côté, pensant toujours à son père, travaillait avec une ardeur infatigable; il continuait à être protégé des personnes qui habitaient la maison neuve des Feuillants, et l'honnête portier Chassin avait pour lui une véritable amitié, il le nourrissait presque entièrement; toutes les commissions de la maison lui étaient toujours généreusement payées; le propriétaire, M. de Villiers, lui donnait en outre de quoi se vêtir, tantôt des habits, tantôt des gilets, tantôt des bas, et il lui avait réservé un petit refuge bien clos et bien propre dans sa maison :

de sorte que Bourguignon, logé, entretenu et nourri, pouvait, sans manquer de rien, mettre de côté tout l'argent qu'il gagnait. Au bout de sept mois, il se trouvait posséder un peu plus de trois cents francs; il fit tous les petits préparatifs de son voyage, et partit avec joie pour aller enrichir et revoir son père, qu'il retrouva en assez bonne santé, mais tout aussi pauvre. Il lui remit ses trois cents francs, que Furcy alla secrètement déposer aussitôt dans un sac contenant ses anciennes épargnes, et qu'il avait caché dans sa paillasse.

Dans les derniers jours de l'automne, Bourguignon partit de nouveau pour retourner à Paris. Il y retrouva le même asile, les mêmes protecteurs, et ne démentit point son caractère; sa conduite fut toujours aussi pure, sa vie aussi active.

Un jour, l'un de ses protecteurs le fit venir pour le charger de porter une lettre aux Missions étrangères, à l'abbé de Fénelon, ce respectable ecclésiastique qui avait rétabli l'ancienne institution des Savoyards, auxquels il associa les enfants auvergnats et limousins. Bourguignon donna la lettre au domestique de l'abbé de Fénelon, qui la porta sur-le-champ à son maître; au bout de quelques minutes, le domestique revint dire au petit

Auvergnat que M. l'abbé voulait lui parler; il le conduisit dans son cabinet. M. de Fénelon reçut Bourguignon avec sa bonté naturelle; il lui expliqua en peu de mots le but de l'association des petits Savoyards et des enfants de l'Auvergne et du Limousin. « Je sais, ajouta-t-il, que vous êtes sage et laborieux; je vous admettrai avec plaisir dans cette intéressante société : ce sera vous adopter au nombre de mes enfants. »

Bourguignon, transporté de joie, exprima sa reconnaissance avec la gentillesse et l'ingénuité de son âge. Il était au comble de la joie. Au moment où il allait se retirer, le bon abbé le retint pour attacher à sa boutonnière l'honorable médaille de cuivre; il fut convenu qu'il irait tous les dimanches recevoir l'instruction chrétienne qui devait donner une base solide à ses excellentes qualités morales.

Bourguignon retourna précipitamment à l'hôtel des Feuillants, pour y remercier ses protecteurs qui l'avaient si bien recommandé à l'abbé de Fénelon. Il passa encore quatre ou cinq mois à Paris, au bout desquels, possesseur de cent écus, il alla rejoindre son père. Mais cette réunion fut bien triste : le pauvre Furcy était dans l'état de santé le plus déplorable; cependant il reçut avec un air satisfait les trois cents francs que lui remit son

« Je sais, ajouta-t-il, que vous êtes sage et laborieux.... » (Page 322.)

fils. « Mon enfant, lui dit-il, tu retrouveras cela après moi, car je sens que j'ai bien peu de temps à vivre. — O mon père, s'écria Bourguignon, il faut ne s'occuper que de votre santé et employer toute cette somme pour la rétablir ; j'en gagnerai d'autres. »

Le vieillard secoua la tête et ne répondit rien ; mais il serra et cacha l'argent, se promettant bien intérieurement de n'en pas dépenser une obole.

Bourguignon voulut en vain faire appeler un médecin ; Furcy répétait toujours que c'était inutile. Malgré tous les soins les plus tendres, le vieillard dépérissait sensiblement ; le sentant lui-même, il appela un matin son fils, et, tirant de sa paillasse un sac de toile qu'il y avait caché : Tiens, cher enfant, lui dit-il, voilà mille francs que j'ai amassés pour toi ; tu as gagné par ton travail la plus grande partie de cette somme, qui t'appartient tout entière : quoique tu ne sois que dans ta treizième année, tu feras, j'en suis sûr, un bon usage de cet argent : il pourra commencer ta fortune ; reçois-le avec les plus tendres bénédictions de ton père. — Oui, dit Bourguignon en sanglotant, j'en ferai un bon usage. »

En proférant ces paroles, il se jeta à genoux ; son père le bénit, implora pour lui la protection

divine, et lui recommanda de serrer son argent
dans une vieille commode délabrée, mais dont
l'un des tiroirs avait encore une serrure et une
clef. Alors, retombant sur sa paillasse, le bon
vieillard ordonna à son fils d'aller sur-le-champ
chercher un prêtre. Bourguignon éperdu courut
chez le curé; de là il envoya à Clermont un mes-
sager chargé d'en ramener un médecin. Il donna
d'avance six francs à *son courrier*, en lui recommandant d'aller à toutes jambes.

Furcy, reçut les sacrements, tandis que son fils,
prosterné au pied de son lit, priait avec la ferveur
la plus touchante. Après avoir rempli les devoirs
de la religion avec une édifiante piété, le vieillard
eut encore le temps d'embrasser son fils et de le
presser contre son cœur. Quelques minutes après
il tomba en paralysie, et perdit en même temps
la connaissance et la parole. La désolation de
Bourguignon fut au comble; cependant, comme
son père respirait encore, il conserva quelque espérance, il supplia le curé, prêt à sortir de la
chaumière, de lui envoyer la meilleur garde-ma-
lade du village, en lui montrant mille francs,
toute sa fortune, qu'il était décidé à sacrifier pour
contribuer au rétablissement de son père. Le
curé, touché de sa pitié filiale, l'exhorta à y per-
sévérer, et l'assura que Dieu l'en récompenserait.

Le médecin trouva Furcy dans un très-grand danger : « On pourrait peut-être le soulager, dit-il, mais il faudrait prescrire un traitement qui coûterait bien cher.

— N'épargnez rien, dit Bourguignon au médecin, disposez de tout ce que je possède. »

En effet, Bourguignon loua une baignoire, fit venir de Clermont les médicaments prescrits. Il dépensa de grand cœur sept ou huit louis, et comme une seule garde ne suffisait pas, il en fit venir une seconde.

Furcy resta trois mois dans le même état ; son fils n'épargnait rien pour le soulager ; il fallut acheter des draps, des serviettes, des chemises. Mais tout fut superflu ; le pauvre malade, à la fin tombant dans l'agonie, expira dans les bras de son fils, qui dépensa presque tout ce qui lui restait pour le faire enterrer et faire dire des messes pour le repos de son âme.

Ces devoirs remplis et toutes les dépenses payées, il ne restait à Bourguignon qu'environ cent francs ; mais il s'en consolait en disant : « Du moins cet argent a un peu prolongé son existence ! »

Il se décida à quitter l'Auvergne pour jamais, et, sans différer davantage, il partit pour Paris. Il y travailla d'abord sans ambition et avec indo-

lence; mais l'encouragement que lui donnèrent
ses protecteurs ranima son courage et son ému-
lation. Le curé de son village avait un parent à
Paris, auquel il écrivait quelquefois; dans une de
ses lettres, il lui conta une partie de ce que Bourguignon avait fait pour son père. Ce parent connaissait M. de Villiers, propriétaire de l'hôtel des
Feuillants; ce récit toucha d'autant plus M. de Villiers, que Bourguignon ne s'était pas vanté de sa
conduite, et qu'il s'était contenté de dire qu'il avait
eu le malheur de perdre son père; on voulut, non
récompenser sa piété filiale, mais le remettre un
peu en argent : on fit en secret pour lui une petite
quête, qui produisit trois cent soixante francs,
qu'on lui donna sans lui expliquer le vrai motif
de cette libéralité, dans la crainte de renouveler
sa douleur; on se contenta de l'exhorter à travailler avec activité, ce qu'il fit par reconnaissance
pour ses protecteurs.

A mesure que Bourguignon avançait en âge, le
portier Chassin lui devenait de plus en plus utile :
deux ou trois personnages fort riches vinrent successivement loger dans cet hôtel; Chassin leur recommanda d'une manière particulière son jeune
ami, pour lequel il obtint d'eux un service particulier qui valut beaucoup d'argent à Bourguignon.
Comme il savait très-bien lire et même écrire, il

se rendait utile de mille manières; et à seize ou dix-sept ans, ayant plus que doublé ses fonds, il se trouva possesseur de la somme de quinze cents francs. Il poursuivit sa carrière avec le même succès et le même bonheur, sans perdre un seul protecteur, et toujours secondé par le bon Chassin avec un zèle paternel. Il parvint ainsi à l'âge de trente-huit ans, ayant placé une somme de quatre mille francs, qui aurait pu être beaucoup plus considérable si la charité chrétienne ne l'eût habitué, dès sa première jeunesse, à distribuer aux pauvres des aumônes réglées, et à donner de temps en temps des secours à ses compatriotes malheureux.

Le ciel, voulant sans doute récompenser une vie laborieuse entièrement consacrée au travail et à la vertu, l'appela à lui de la manière la plus inopinée. Un jour, dans une de ses courses, il fit une chute et se donna un violent coup à la tête; il fit peu d'attention à cet accident, ne prit aucune précaution : un abcès se forma dans sa tête, bientôt il en ressentit les atteintes; enfin, au bout de quarante jours, il se trouva si mal qu'il se fit porter à l'hospice de la Charité : là on lui déclara qu'il n'y avait aucun espoir de le sauver; alors, après avoir rempli tous les devoirs de la religion, il fit venir un notaire, et lui dicta un testament dans lequel, déclarant qu'il n'avait ni frère, ni sœur, ni proche parent, qu'il ne s'en connaissait pas même d'é- loigné, il disposait de la somme de quatre mille francs de la manière suivante : cinq cents francs à l'hospice de la Charité; quatre cents francs pour les pauvres; cent francs pour des messes, et mille écus pour son bienfaiteur et son ami Chassin, por- tier de l'hôtel des Feuillants.

Peu d'heures après avoir fait et signé son testa- ment, il reçut la visite de Chassin, qui n'avait au- cun soupçon de cette disposition testamentaire, et qui, depuis sa maladie, venait le voir régulière- ment tous les jours. Chassin fut effrayé de le voir si faible; jugez de sa douleur en apprenant qu'il était désespéré. En effet, Bourguignon, entouré de toutes les consolations de la religion et de l'amitié, fortifié par de vertueux souvenirs, expira douce- ment dans la soirée de ce même jour.

Jugez de la surprise de Chassin, lorsqu'on lui porta le testament de son ami et les mille écus qu'il lui avait légués. Après une courte réflexion : « Non, dit-il, je ne garderai point cet argent; mon ami n'avait que douze ans lorsqu'il quitta l'Auvergne; il est bien possible qu'il eût dans ce pays, sans le savoir, quelque parent dans la misère, et c'est de quoi je dois m'informer. » Tout occupé de cette idée, Chassin écrivit sur-le-champ en Auvergne pour y prendre à ce sujet les informations les plus détaillées.

Ces perquisitions ne furent point infructueuses; on découvrit, au bout de quelques mois, qu'il existait auprès de Thiers un parent, à la vérité très-éloigné, de Bourguignon, mais qui s'appelait aussi Furcy, et qui, père de sept enfants, était dans la plus grande pauvreté. Le vertueux Chassin n'hésita pas; il envoya sur-le-champ les mille écus à cet homme. Il ne se vanta point de cette action; mais comme il avait employé beaucoup de personnes pour les recherches qu'il avait faites en Auvergne, ce procédé généreux fut généralement su dans la maison. Le maître de Chassin, M. de Villiers, en fut vivement touché; et comme il témoignait à Chassin son admiration, celui-ci lui répondit qu'il n'avait aucun mérite à ce qu'il avait fait; que *cet argent l'aurait tourmenté;* et d'ailleurs il n'avait aucun besoin d'une telle somme avec un si bon maître, qui ne le laissait manquer de rien, et qui sûrement aurait soin de lui dans ses vieux jours.

M. de Villiers conta cette histoire à plusieurs personnes, entre autres à M. Marmontel, qui logeait dans son hôtel[1].

---

1. Ainsi que l'abbé Morellet.

On venait de fonder depuis peu, à l'Académie française, un prix pour récompenser l'action la plus vertueuse faite dans le cours de l'année : ce prix consistait en une médaille d'or de douze cents francs. M. Marmontel, trouvant avec raison que Chassin en était digne, proposa à l'Académie de le lui décerner, et l'obtint pour lui.

Chassin fut bien étonné lorsqu'il vit un matin entrer dans sa loge des députés de l'Académie française, parmi lesquels se trouvait M. Marmontel ; ils lui annoncèrent qu'ils lui apportaient, au nom de l'Académie, la médaille d'or comme un hommage rendu à sa vertu. Chassin, ne comprenant rien à cet hommage, en demanda l'explication ; alors, de plus en plus surpris : « Messieurs, dit-il, je vous suis bien obligé, mais en vérité je ne mérite pas une pareille récompense, car je n'ai agi que pour ma tranquillité. »

La simplicité sublime de cette réponse acheva de prouver combien Chassin était digne de l'honneur qu'on lui décernait.

Cette aventure eut le plus grand retentissement : chacun voulut voir Chassin, et même de grandes dames de la cour allèrent lui rendre visite. On fit son portrait, que l'on plaça dans l'une des salles de l'Académie.

La Providence récompensa véritablement Chas-

sin; cette gloire humaine ne l'enivra point; il trouva
le prix de sa vertu dans l'affection de son excellent
maître, M. de Villiers. A l'âge de soixante et quelques années Chassin devint aveugle. M. de Villiers
le fit conduire dans une de ses terres et lui donna
un domestique; là Chassin vécut jusqu'à quatre-
vingt-quatre ans, objet constant des plus tendres
soins, toujours aimé, honoré, et sa vieillesse, jusqu'à la fin de sa longue carrière, fut parfaitement
heureuse[1].

1. Ces détails sont de la plus grande exactitude; l'auteur les
tient d'une personne respectable (belle-sœur de M. de Villiers),
qui a bien voulu les communiquer dans une notice remplie de
charme et d'intérêt, à laquelle on doit les traits les plus touchants de ce récit.

ZUMA

OU LA DÉCOUVERTE DU QUINQUINA

ZUMA

OU LA DÉCOUVERTE DU QUINQUINA.

Vers le milieu du dix-septième siècle, l'animosité des Indiens contre les Espagnols existait encore dans toute son énergie; des traditions trop
fidèles conservaient parmi ces peuples opprimés et
déchus le souvenir affreux de la cruauté des vainqueurs. Ils étaient subjugués et non soumis. Les
Espagnols n'avaient conquis que des esclaves, ils

ne régnaient que par la terreur. A cette époque, un vice-roi plus sévère que tous ceux qui l'avaient précédé portait au comble leur haine impuissante et secrète. Son secrétaire, ministre rigoureux de ses volontés arbitraires, était d'une insatiable cupidité; les Indiens le haïssaient plus encore que son maître. Ce secrétaire mourut subitement; les symptômes effrayants qui précédèrent sa mort firent croire universellement qu'il avait été empoisonné par les Indiens. On chercha les coupables, on ne put les découvrir. Cet événement fit beaucoup de bruit, car ce n'était pas le premier crime de ce genre parmi les Indiens. On savait qu'ils connaissaient des poisons mortels : ils furent plus d'une fois convaincus d'en avoir fait usage; mais ni les tortures ni la mort n'avaient pu leur faire déclarer ces funestes secrets.

Dans ces entrefaites, le vice-roi fut rappelé; la cour d'Espagne nomma à sa place le comte de Cinchon. Le comte, dans la force de l'âge et doué de toutes les qualités aimables et de toutes les vertus qui peuvent concilier les esprits et gagner les cœurs, venait de se marier. Il avait épousé une jeune personne charmante qu'il adorait et dont il était passionnément aimé. La comtesse voulut suivre son époux; celui-ci, craignant pour elle la haine et la perfidie des Indiens, désirait qu'elle restât en Espagne, malgré le chagrin que lui causait la seule idée d'une telle séparation. La comtesse était, au fond de l'âme, pénétrée de terreur, en songeant que son époux allait se trouver exposé à tous les complots ténébreux de la haine et de la vengeance. Des faits récents, et surtout des récits fort exagérés, faisaient regarder les Indiens comme de vils esclaves, en apparence dociles, attachés même, mais capables de tramer en secret les trahisons les plus noires et les plus criminelles. On contait des choses surprenantes de l'inconcevable subtilité des poisons de ces contrées, et à cet égard on n'exagérait pas. L'effroi qu'inspiraient à la comtesse ces funestes récits la décida à suivre le vice-roi, afin de veiller sur lui avec toute la vigilance d'une tendre épouse. Elle emmena avec elle quelques dames espagnoles qui devaient composer sa cour à Lima. Dans ce nombre se trouvait son amie intime depuis l'enfance. Béatrix (c'était son nom) n'avait que peu d'années dé plus que la vice-reine; mais son attachement pour elle était si tendre, qu'il ressemblait à l'affection d'une mère. Elle avait fait tous ses efforts pour engager la comtesse à rester à Madrid; la voyant inébranlable dans sa résolution, elle déclara qu'elle l'accompagnerait.

Cependant les Indiens, charmés d'être débar-

rassés de leur vice-roi, n'en étaient pas mieux dis-
posés pour celui qui devait le remplacer; c'était
un Espagnol, et par conséquént ils n'attendaient
de lui qu'injustice, avidité de richesses, tyrannie.
En vain ils entendaient dire que le comte était
doux, humain, équitable; ils répétaient entre eux:
C'est un Espagnol!... Ce mot, pour eux, disait tout
ce que la haine peut exprimer de plus énergique.
La religion n'avait point encore adouci ces impé-
tueux ressentiments : on avait trop négligé de leur
faire connaître sa sublime morale. On s'était borné
à leur faire suivre quelques pratiques extérieures;
mais ils conservaient toujours entre eux une
grande partie de leurs superstitions et de leur
ancienne idolâtrie.

Les Indiens, dans leur misère, exerçaient depuis
la conquête de l'Amérique une vengeance secrète,
qu'aucun Espagnol encore n'avait soupçonnée; ils
avaient été contraints de livrer à leurs oppresseurs tout ce qu'ils possédaient d'or et de diamants, mais ils leur cachaient des trésors plus
utiles à l'humanité. En leur abandonnant tout le
luxe de la nature, ils s'en étaient réservé exclusi-
vement les véritables bienfaits. Seuls ils connaissaient de puissants contre-poisons, des antidotes
merveilleux que la prévoyante nature, ou, pour
mieux dire, que la Providence a placés là pour

remédier à des maux extrêmes. Les Indiens connaissaient seuls aussi les admirables propriétés
de l'écorce salutaire du quinquina, et par un
pacte solennel et fidèlement observé, par les
serments les plus redoutables et souvent renou-
velés, ils s'étaient tous engagés entre eux à ne
jamais révéler à leurs oppresseurs ces importants
secrets.

Au milieu des rigueurs de l'esclavage, les Indiens avaient toujours conservé parmi eux une
espèce de gouvernement intérieur; ils se nom-
maient un chef dont les fonctions mystérieuses
consistaient à les rassembler la nuit, à de cer-
taines époques, pour renouveler leurs serments,
et quelquefois pour désigner des victimes parmi
leurs ennemis.... Les Indiens des bourgades, plus
libres que ceux qu'on assujettissait au service du
palais des vice-rois, ou qu'on employait dans les
travaux publics, ne manquaient jamais de se
trouver à ces assemblées nocturnes, qui se tenaient
sur des montagnes, dans des lieux déserts, où l'on
ne pouvait parvenir que par des chemins qui
eussent paru impraticables à des Européens. Mais
c'était pour eux sinon l'asile heureux de la liberté, du moins l'unique refuge contre la tyrannie. Dans ce temps, leur chef secret et suprême
(car ils en avaient plusieurs) s'appelait Ximéo.

Aigrie par le malheur et par des injustices particulières, son âme, naturellement grande et généreuse, était fermée depuis longtemps à tous les sentiments doux et tendres. Une véhémente indignation, que ne contenait aucun principe, avait fini, en s'exaltant chaque jour, par le rendre barbare et féroce. Cependant la basse et lâche atrocité des empoisonnements répugnait à son caractère : il n'avait jamais employé ces affreux moyens de vengeance, et même il les interdisait à ses compagnons ; et les actes de scélératesse qui s'étaient commis n'avaient jamais eu son consentement. Ximéo était père, il avait un fils unique nommé Mirvan, qu'il chérissait, et auquel il avait inspiré une partie de sa haine contre les Espagnols. Mirvan avait épousé depuis trois ans Zuma, la plus belle des Indiennes des environs de Lima. La douce Zuma faisait le bonheur de son époux, et ne vivait que pour lui et pour un enfant de deux ans dont elle était mère.

Un autre chef, Azan, était, après Ximéo, celui qui avait le plus d'ascendant sur les Indiens. Azan était violent et cruel, et nulle vertu ne tempérait en lui l'instinct de fureur dont il était toujours animé. Ces deux chefs croyaient avoir une illustre origine ; ils se vantaient de descendre de la race royale des Incas.

Les Indiens ne manquaient jamais de paraître à ces assemblées. (Page 251.)

Quelques jours avant l'arrivée du nouveau vice-roi, Ximéo convoqua, pour la nuit suivante, une assemblée nocturne sur la colline de l'*arbre de la santé* (c'est ainsi qu'ils désignaient l'arbre du quinquina), et, lorsqu'ils furent tous réunis : « Amis, leur dit-il, un nouveau tyran va régner sur nous : renouvelons les serments d'une juste vengeance. Hélas ! nous ne pouvons les prononcer qu'au milieu des ténèbres ! Enfants malheureux du soleil, nous sommes réduits à nous envelopper dans les ombres de la nuit !... Répétons autour de l'*arbre de la santé* la formule terrible qui nous engage à cacher pour jamais nos secrets. »

A ces mots, Ximéo, d'une voix plus élevée, d'un ton plus ferme, s'écria : « Nous jurons de ne jamais découvrir aux enfants de l'Europe les vertus divines de cet arbre sacré, le seul bien qui nous reste ! Malheur à l'Indien infidèle et parjure qui, séduit par de fausses vertus, ou par crainte et par faiblesse, révélerait ce secret aux destructeurs de ses dieux, de ses souverains et de sa patrie ! Malheur au lâche qui ferait don de ce trésor de santé aux barbares qui nous asservissent, et dont les ancêtres ont incendié nos temples, nos villes, envahi nos champs, et se sont couverts du sang de nos pères, après leur avoir fait souffrir des supplices inouïs !... Qu'ils gardent l'or qu'il nous ont ravi, et dont ils sont insatiables; cet or qui leur a coûté tant de crimes : réservons, du moins, pour nous seuls ce présent du ciel!... Si parmi nous il se trouvait jamais un traître, jurons de le poursuivre et de l'exterminer, fût-il notre père, notre frère ou notre fils; jurons, s'il est engagé dans les liens du mariage, de poursuivre en lui sa femme et ses enfants, s'ils n'ont pas été ses dénonciateurs; et si ses enfants sont au berceau, de les immoler, afin d'éteindre sa coupable race.... Amis, faites-vous tous, et du fond de l'âme, ces redoutables serments dont vos aïeux nous ont laissé la formule, et que vous avez déjà prononcés tant de fois? — Oui, oui, répondirent à la fois tous les Indiens, nous prononçons toutes ces imprécations contre quiconque trahirait ce secret; nous jurons de le garder avec une inviolable fidélité, et de souffrir, s'il le fallait, les plus affreux tourments et la mort, plutôt que de le révéler. — Songez, dit le farouche Azan, songez que dans les premiers temps de notre asservissement, dans ces temps où des milliers d'Indiens furent mis à la torture, nul n'a voulu sauver sa vie en dévoilant ce secret, que nos peuples gardent depuis plus de deux cents ans!... Jugez si l'on pourrait trouver de supplice assez grand pour celui qui le trahirait!... Pour moi, je jure que s'il existe parmi nous un Indien capable d'un tel forfait, il ne périra que de ma main; et si ce traître avait une femme et des enfants à la mamelle, je jure encore de les poignarder tous.... »

Ce discours féroce n'était pas prononcé sans dessein. Azan haïssait le jeune Mirvan, fils de Ximéo, non-seulement parce qu'il ne lui trouvait pas assez d'animosité contre les Espagnols, mais surtout parce qu'il était jaloux du bonheur que goûtait Mirvan auprès de la belle Zuma et de leur enfant adoré; les méchants sont toujours envieux.

« Azan, reprit Mirvan, on peut être fidèle à sa parole sans avoir ta férocité; nul de nous n'est capable d'un parjure; tes menaces n'effrayent personne et sont inutiles : qui ne sait pas que, pour être barbare, tu n'as besoin ni d'un traître à poursuivre ni d'un crime à punir? »

Azan irrité allait répondre; mais Ximéo prévint une dispute violente, en représentant combien il était imprudent et dangereux de prolonger inutilement ces assemblées clandestines et nocturnes; et aussitôt chacun se retira.

Les Indiens, forcés de dissimuler, conservaient toujours les apparences du respect et de la soumission. Une troupe nombreuse de jeunes Indiennes, portant des corbeilles de fleurs, se trouva aux

17

portes de Lima à l'arrivée de la vice-reine. Zuma
était à leur tête, et la comtesse fut si frappée de
sa beauté, de sa grâce et de la douceur de sa physionomie, que peu de jours après elle voulut l'a-
voir au nombre des esclaves indiennes employées,
dans le palais, au service intérieur des vice-reines.
Bientôt la comtesse conçut une telle amitié pour
Zuma, qu'elle l'attacha au service particulier de
sa chambre et de sa personne. Cette faveur parut
une imprudence à Béatrix, l'amie de la comtesse;
car, l'imagination remplie de tous les récits
qu'elle avait entendu faire de la perfidie des Indiens, elle se livrait à toutes les sinistres craintes
que peut inspirer la défiance : elle était excusable;
c'était pour son amie, et non pour elle, qu'elle
craignait! Elle vit avec peine l'amitié de la vice-
reine pour une Indienne; les femmes de la comtesse profitèrent de la faiblesse de Béatrix pour la
prévenir contre Zuma; on lui dit que Zuma était
fausse, dissimulée, ambitieuse, présumant tout
de sa beauté; qu'elle n'aimait point la comtesse,
et qu'elle abhorrait les Espagnols. On alla plus
loin, on lui prêta des discours extravagants. Béatrix ne crut pas tout ce qu'on lui disait, mais elle
en conçut une inquiétude qui lui inspira une véritable aversion pour Zuma; cette inimitié devint
d'autant plus forte, qu'il lui fut absolument im-

possible de nuire à Zuma dans l'esprit de la vice-
reine, qui s'attachait chaque jour davantage à
l'objet de tant de haine, d'injustice et de calomnie.
Zuma, de son côté, éprouvait la plus tendre affection pour la comtesse ; néanmoins, pour éviter des
scènes désagréables, elle se tenait renfermée dans
sa chambre, et ne paraissait que lorsque la comtesse la faisait appeler.

Le vice-roi n'épargnait rien pour se faire aimer
des Indiens ; mais ces derniers avaient vu plusieurs
vice-rois montrer, dans les commencements, de la
douceur, de la justice et de l'affabilité, et démentir
bientôt toutes ces apparences ; ainsi, la bonté réelle
du comte ne fit aucune impression sur eux. Ils la
regardèrent comme une fausseté ou comme une
faiblesse causée par la terreur qu'avait inspirée la
mort subite du secrétaire du dernier vice-roi.

La comtesse était depuis quatre mois à Lima, et
sa santé s'altérait visiblement. On attribua d'abord
ce changement fâcheux à l'ardeur du climat ; mais
ses souffrances augmentant chaque jour, on commença à s'inquiéter ; enfin elle tomba malade tout
à fait de la fièvre tierce. Tous les remèdes connus
alors furent employés, ils furent sans effet. L'inquiétude de Béatrix n'eut plus de bornes ; elle
questionna en particulier le médecin qu'on avait
mené d'Espagne : celui-ci, ne pouvant guérir le

mal, en parla mystérieusement, et fit entendre qu'il
l'attribuait à une cause extraordinaire, qui lui était
inconnue. Son air consterné, ses réticences, tout
donna à Béatrix l'horrible idée que son amie mourait d'un poison lent. Dès ce moment, elle n'eut plus
un instant de repos : en cachant avec soin à la
comtesse, et même au comte, ses affreux soupçons,
il lui fut impossible de les dissimuler à deux des
femmes de la comtesse, qui les fortifièrent. Mais
qui pouvait avoir commis ce crime? Nul autre que
Zuma; Zuma, qui entrait librement à toute heure
chez la vice-reine. Mais comment, après avoir été
comblée des bienfaits de la vice-reine, aurait-elle
osé se porter à cette atrocité? La haine a toujours
réponse à tout. Zuma était hypocrite, vaine, ambitieuse, et de plus elle avait une passion secrète et
criminelle pour le vice-roi. Enfin elle était Indienne, et familiarisée dès l'enfance avec l'idée des
forfaits les plus noirs.

Béatrix repoussa pendant quelques jours ces
horribles soupçons; mais elle voyait son amie dé-
périr, et ses terreurs ne lui permirent plus de raisonner et d'observer par ses propres yeux; elle
accueillit toutes les dénonciations, elle ajouta foi
aux calomnies les plus extravagantes. L'inquiétude
saisit aussi le comte; sans imaginer des crimes,
il s'alarmait de la durée d'une aussi longue fièvre.

Cependant une apparence de mieux dans l'état de la comtesse donna de grandes espérances pendant quelques jours. Le médecin répondit presque de la guérison; les soupçons s'assoupirent, Béatrix respira. Néanmoins elle ne révoqua point les ordres particuliers, qu'elle avait donnés en secret, d'épier Zuma, et de ne la laisser jamais entrer dans la chambre où l'on déposait les boissons de la comtesse.

Au milieu de ces diverses agitations, Zuma ne pensait qu'à la vice-reine, qu'elle chérissait avec toute la sincérité de l'âme la plus pure et la plus reconnaissante; elle s'affligeait profondément en pensant qu'il existait un remède infaillible contre le mal qui la consumait, et qu'il était impossible de lui indiquer. Zuma connaissait les horribles serments par lesquels les Indiens s'étaient engagés à ne jamais révéler ce secret. Si elle n'eût dû exposer qu'elle, sans hésiter elle eût parlé; mais cette révélation dévouait à une mort certaine son époux et son fils. Enfin, elle n'ignorait pas que le vindicatif Ximéo, pour s'assurer mieux de sa discrétion, avait remis comme un otage cet enfant si cher entre les mains du féroce Azan et de Thamir, un autre de leurs chefs, moins cruel qu'Azan, mais aussi animé contre les Espagnols. Aussi Zuma n'osa même pas confier son chagrin à Mirvan; elle dévorait ses larmes et s'affligeait en silence. Cette affliction s'accrut encore : le faible espoir qu'on avait eu pour la comtesse s'évanouit; la fièvre reprit de nouvelles forces; le médecin annonça qu'il avait de sérieuses craintes, et que la comtesse résisterait difficilement à de nouveaux accès de fièvre. La consternation fut universelle dans le palais. Le comte et Béatrix étaient au désespoir. La vice-reine, ne s'abusant point sur son état, montra autant de courage et de douceur que de piété; on fait toujours avec calme le sacrifice de la vie la plus heureuse, quand elle a été parfaitement pure : elle reçut les derniers sacrements, fit de tendres adieux à son amie, à son époux, lui recommandant le bonheur des Indiens, et surtout celui de sa chère Zuma; après ces devoirs remplis, elle se jeta tout entière dans les bras de la religion. Zuma, dont la santé était déjà très-affaiblie depuis trois mois, témoin de cette scène pathétique, ne put résister à tant de peines; elle fut attaquée le soir même de la maladie dont la comtesse était mourante, la fièvre tierce. Après deux ou trois accès, Mirvan, du consentement des Indiens, lui porta en secret la précieuse poudre qui devait la guérir; mais une seule dose, qu'il devait renouveler chaque jour : Zuma reçut, le matin, la première, qu'elle ne devait prendre que le soir en se couchant. Lorsqu'elle

fut seule, elle regarda cette poudre; ses larmes
coulèrent, et levant les yeux au ciel : « Grand
Dieu, dit-elle, c'est toi qui m'inspires! je ne puis
la sauver qu'en m'immolant; mon parti est pris.
Je ne révélerai point le redoutable secret; d'ailleurs ils ne soupçonneront point un tel dévoue-
ment, et ils attribueront la guérison de ma chère
maîtresse aux secours de la médecine. Je n'expose
ni Mirvan ni mon fils, et je n'aurai point trahi nos
serments; je mourrai, mais elle vivra. Qu'importe
l'existence de la pauvre Zuma? Combien est plus
précieuse la vie de cette fille du ciel, la providence
des affligés, la protectrice généreuse du pauvre et
de l'esclave! Tout à l'heure encore n'ai-je pas entendu sa voix défaillante prier pour ces cruels Indiens qui la laissent mourir? O ma bienfaitrice!
au milieu des ombres de la mort, tu n'as point
oublié ta fidèle Zuma! j'ai entendu ta bouche prononcer son nom et le bénir!... Oui, je jure par la
clarté sacrée du soleil, je jure de te sauver. »

En disant ces paroles, Zuma enveloppe la poudre
de quinquina, la met dans son sein, et se lève,
puis s'arrêtant, elle réfléchit au moyen de s'introduire furtivement dans le cabinet où l'on dépose
les boissons de la comtesse. Elle n'avait nulle idée
des horribles soupçons formés contre elle, ni des
précautions que l'on prenait pour lui rendre ce cabi-

net inaccessible, ainsi qu'à toutes les autres esclaves indiennes ; elle croyait seulement que, depuis la maladie de la vice-reine, les femmes de
chambre espagnoles s'étaient réservé exclusive-
ment le service de l'intérieur, par zèle et par ja-
lousie, ou par un de ces usages dont on lui parlait
si souvent, qu'on appelait *étiquette*. Elle se décida
à n'entrer que le soir dans ce cabinet, pensant
qu'alors elle n'y trouverait qu'une personne endormie ; dans le cas contraire, elle prétexterait
qu'inquiète de la comtesse, elle venait savoir de ses
nouvelles : en même temps, voulant examiner s'il
lui serait possible de s'introduire sans passer dans
l'appartement de la comtesse, elle descendit dans
un long corridor qu'elle examina attentivement ;
elle reconnut qu'une petite porte de dégagement
du cabinet donnait dans ce corridor, ainsi qu'elle
l'avait imaginé, et que la clef était à cette porte.
Elle se promit d'entrer la nuit de ce côté, et remonta dans sa chambre.

On épiait avec soin toutes les démarches de
Zuma, d'après les ordres de Béatrix ; on s'empressa
d'aller lui dire que ce jour même Mirvan était venu
chez Zuma ; qu'une femme, collée à la porte pour
écouter leur entretien, n'avait pu rien entendre,
parce qu'ils avaient parlé tout bas, mais qu'en sor-
tant Mirvan avait eu l'air fort agité ; qu'ensuite

Zuma était descendue, avait parcouru le corridor
en examinant toutes les portes, qu'elle s'était ar-
rêtée à celle du cabinet, prenant ses précautions
pour ne pas être surprise; qu'enfin elle s'était
sauvée dans sa chambre. Ce récit fit frémir Béatrix; elle devina dans l'instant que Zuma avait le
dessein de se glisser le soir dans le cabinet; les
femmes eurent ordre d'épier le moment où elle
sortirait de sa chambre, de l'en avertir sur-le-
champ, de laisser aussitôt le cabinet vide et la clef
à la porte. Béatrix alla, sans délai, instruire le
vice-roi ; sans adopter ses soupçons, il fut néanmoins très-ému, et convint de se cacher avec elle
dans le cabinet.

Une heure après la fin du jour, on vint avertir
Béatrix que Zuma descendait l'escalier dans l'obscurité, et avec toutes les précautions du mystère
et de la crainte. Béatrix et le comte allèrent précipitamment se cacher. Au bout de quelques minutes, ils entendirent ouvrir doucement la porte,
et virent paraître Zuma. Elle était pâle, tremblante,
marchant lentement et avec effort. Dès qu'elle fut
entrée dans la chambre, elle alla écouter à l'autre
porte, qui donnait dans l'appartement de la vice-
reine ; tout était calme : Zuma s'approcha de la
table sur laquelle était posé un vase contenant une
potion que devait prendre la comtesse, et y répan-

dit une dose de la poudre de quinquina. Aussitôt
le vice-roi, saisi d'horreur, s'élance dans le cabinet en s'écriant : « Malheureuse! qu'avez-vous jeté
dans ce breuvage? »

A cette apparition, à cette question terrible,

Zuma éperdue tressaille, et tombe en disant: « Je
suis perdue!... » Elle était évanouie. On la fit porter dans sa chambre. Le comte et Béatrix convin-
rent que l'on cacherait à la vice-reine ce prétendu
crime. « Elle demanderait la grâce de ce monstre,

ajouta le comte, et rien au monde ne pourrait me la faire accorder; il faut un exemple, je le donnerai. »

Le bruit se répandit à l'instant dans le palais et dans la ville que Zuma était convaincue d'avoir voulu empoisonner la vice-reine. Le soir même elle fut livrée à la justice et conduite en prison. Mirvan, en apprenant cette funeste nouvelle, alla trouver Azan et Thamir : « Vous avez mon fils entre vos mains, leur dit-il; du moins promettez-moi que, si nous gardons fidèlement *le secret*, vous rendrez après notre mort cet enfant à mon père. — Nous le jurons, répondit Azan, mais tu n'ignores pas aussi que la moindre indiscrétion lui coûterait la vie. — Nous saurons mourir, » répondit Mirvan.

A ces mots, il quitta le farouche Indien, et se rendit volontairement en prison. Il avait de suite deviné l'action de Zuma, mais il ne pouvait la justifier qu'en livrant son enfant à la rage du barbare Azan; il résolut de mourir avec sa malheureuse femme.

A la pointe du jour, le conseil s'assembla pour interroger et pour juger Mirvan et Zuma. On ouvrit les portes de la salle, et l'on fit annoncer aux Indiens qu'il leur était permis d'y entrer; il en vint un grand nombre conduits par leurs chefs

secrets, Ximéo, Azan et Thamir. On amena les
deux infortunés époux chargés de chaînes. Zuma,
en apercevant Mirvan, s'écria avec véhémence :
« Il n'est point coupable, il n'a nulle part à ce que
j'ai fait; il ignorait mon dessein. — Arrête, Zuma,
interrompit Mirvan, ta mort est résolue, peux-tu
songer à défendre ma vie ? Je ne suis point ac-
cusé, c'est volontairement que je partage ton sort.
Zuma, mourons avec courage, et notre enfant
vivra. »

Zuma comprit le véritable sens de ces paroles;
elle ne répondit rien et fondit en larmes. L'inter-
rogatoire commença.

Zuma ne put désavouer les faits dont Béatrix et
le vice-roi avaient été les témoins. On lui demanda
de qui elle avait reçu la poudre qu'elle avait jetée
dans le breuvage. « Elle l'a reçue de moi, » dit
Mirvan.

Zuma le nia, affirmant de nouveau que Mirvan
avait entièrement ignoré son dessein. « Et quel
était ce dessein ? lui demanda-t-on. — Ce n'était
pas celui d'empoisonner la vice-reine. — Pourquoi donc avez-vous fait usage de cette poudre ?
avez-vous cru n'employer qu'un remède salutaire ? »

A cette question, Zuma tressaillit; ses yeux, dans
ce moment, rencontrèrent ceux du cruel Azan; son

regard menaçant la remplit d'épouvante : elle croyait le voir égorgeant son enfant. « Non, non, dit-elle d'un air égaré, non, je ne connais point de remède salutaire. — C'était donc du poison ? Vous l'avouez. — Je n'avoue rien. — Mais répondez donc. — Je ne puis que me taire. »

En ce moment Ximéo s'avança et vint se placer entre les deux époux, en disant : « Qu'on me donne aussi des chaînes, je veux mourir avec eux. — O mon père ! vivez pour notre enfant, » s'écrièrent en même temps Mirvan et Zuma. Ximéo persista.

Les juges avaient reçu l'ordre de ne point employer de torture et de ne point rechercher de complices ; ils firent éloigner Ximéo, et reconduire en prison les deux époux. Le médecin de la comtesse parut et fut interrogé ; il déclara que la maladie de la vice-reine ayant résisté aux remèdes les plus efficaces et étant accompagnée des symptômes les plus extraordinaires, il n'avait pu s'empêcher de concevoir des soupçons ; que l'action de Zuma, ne laissant aucun doute sur l'atrocité de son dessein, l'avait confirmé dans l'idée que cette esclave perverse avait fait prendre à la vice-reine un poison lent ; et qu'ensuite, se voyant exclue du service de la chambre, et craignant que la jeunesse de la vice-reine et les soins qu'on lui rendait ne triomphassent d'un poison donné avec ménagement, elle avait voulu consommer son crime par une forte dose. A cette déposition les juges frissonnèrent d'horreur, et presque aussitôt recueillant les voix, ils condamnèrent les deux époux, comme atteints et convaincus du crime d'empoisonnement, à périr le jour même, à midi, dans les flammes d'un bûcher. On les fit rentrer dans la salle pour y entendre leur arrêt. Mirvan montra une héroïque fermeté. Zuma se jeta à ses pieds; « Je t'ai perdu, dit-elle, voilà mon seul remords; oh! pardonne-moi!... — Va, répondit-il, n'accusons que la barbarie de nos juges! console-toi, Zuma, les tyrans qui nous condamnent nous délivrent d'un joug affreux; dans quelques heures nous ne serons plus leurs esclaves! »

Ces paroles émurent le cœur endurci d'Azan même : « Mirvan, cria-t-il, sois tranquille sur le sort de ton fils, il me sera plus cher que s'il était le mien. »

Il était neuf heures du matin, les ordres furent donnés pour faire disposer le bûcher.

La vice-reine était mourante; le médecin annonça au vice-roi qu'il n'avait plus d'espérance; qu'il était impossible qu'elle supportât encore trois accès de fièvre, et que dans six ou sept jours elle n'existerait plus. Le comte, au comble du déses-

poir, ainsi que Béatrix, ne pouvait avoir des idées
de clémence; d'ailleurs, regardant Zuma comme
le monstre le plus exécrable que la nature eût jamais produit, il n'éprouvait aucune compassion
pour elle. Il ordonna seulement qu'on offrît à Mirvan sa grâce, s'il voulait faire un aveu sincère de
son crime. « Dites au vice-roi, répondit Mirvan,
qu'alors même qu'on me promettrait la vie de
Zuma, on n'obtiendrait pas de moi une parole de
plus. »

Le vice-roi ne voulut pas se trouver à Lima durant l'exécution. Il partit pour une maison de plai-
sance située à une demi-lieue de la ville, avec l'intention de ne revenir qu'à la nuit.

Le malheureux Ximéo roulait en vain dans sa
tête mille projets différents, qui tendaient tous à
sauver Mirvan et Zuma; il aurait bien voulu rassembler ses amis; mais, durant toute cette mati-
née, les Indiens furent tellement observés et con-
tenus, qu'il n'eut même pas la possibilité de s'entretenir en secret avec Azan et Thamir. Bientôt
une proclamation ordonna à tous les Indiens qui
se trouvaient à Lima d'assister à l'exécution. Ils
étaient sans armes; la garde espagnole fut doublée
et se rangea autour du bûcher; en outre deux cents
soldats devaient escorter les malheureuses victimes.
Il fallut se soumettre. Ximéo désespéré prit au fond

de l'âme la résolution de se jeter dans le bûcher avec ses enfants.

Pendant que toute la ville consternée était dans l'attente de ce funeste spectacle, la vice-reine, ignorant toujours ce tragique événement, était dans son lit, plus faible et plus souffrante que jamais. L'agitation de tous ceux qui l'entouraient était extrême depuis six heures du matin, elle en fut à la fin frappée ; elle questionna, et vit clairement que Béatrix lui cachait quelque chose. Béatrix sortait souvent de la chambre pour aller pleurer sans contrainte. Dans un de ces moments, la comtesse interrogea vivement une de ses femmes ; elle lui ordonna si impérieusement de lui dire la vérité, que cette femme l'instruisit de tout, en ajoutant que Zuma et Mirvan, loin de nier leur crime, en avaient fait gloire. La surprise de la comtesse fut égale à l'horreur que lui inspira cette affreuse révélation. « O miséricorde suprême ! dit-elle, je vais t'invoquer avec plus de confiance !... »

Aussitôt elle ordonna qu'on allât lui chercher un brancard découvert ; pendant ce temps, aidée de ses femmes, elle se leva, s'enveloppa dans une longue robe de mousseline, et, malgré les pleurs et les cris des dames espagnoles et de Béatrix, qui étaient accourues, elle se fit étendre sur le bran-

Elle se fit étendre sur un brancard. (Page 272.)

card, porté par quatre esclaves; un cinquième tenait au-dessus de sa tête un large parasol de taffetas : ainsi couchée, et le visage couvert d'un voile blanc, elle donna l'ordre qu'on la conduisît sur le lieu de l'exécution.

Midi sonnait!... Dans ce même moment, Mirvan et Zuma à pied, chargés de chaînes, sortaient de la prison pour aller au dernier supplice. Zuma, pouvant à peine se soutenir, s'appuyait sur les bras d'un prêtre, et était conduite par deux soldats; un peuple immense se précipitait en foule pour la voir. Dans cette multitude, elle aperçut Azan tenant dans ses bras son enfant qu'il lui montrait. A cette vue, elle poussa un cri déchirant, un cri maternel, qui retentit au fond de tous les cœurs; et, retrouvant ses forces, elle se débarrassa des mains du prêtre et des soldats, et s'élança vers Azan : l'infortunée, en donnant à son fils le dernier baiser maternel, ne put retenir ses larmes. « Zuma, lui dit tout bas Azan, ranime ton courage; songe que ta mort même est une vengeance, et qu'elle va rendre notre secret encore plus inviolable. — Point de vengeance! répondit Zuma. Oh! si je pouvais sauver la vicereine!... »

Elle n'en put dire davantage, les soldats vinrent la reprendre; elle crut mourir quand on lui arracha son enfant : il lui sembla, dans cet instant seulement, qu'elle faisait le sacrifice de sa vie !

On se remit en marche : on n'était plus qu'à trois cents pas du lieu du bûcher. En ce moment, une lugubre trompette annonça l'approche des victimes, et l'on mit le feu au bûcher, mais seulement au faîte, formé d'un bois résineux. On entra dans une allée de platanes, au bout de laquelle on apercevait le fatal bûcher, dont les flammes paraissaient s'élever jusqu'aux nues. A cette vue, Zuma frissonna d'horreur, le souvenir de son époux et de son enfant fit place à la stupeur ; elle n'eut plus d'autre idée que celle de sa prochaine destruction, elle ne vit plus qu'une mort inévitable, et sous l'aspect le plus menaçant. Ses forces l'abandonnèrent ; son sang glacé ne circulait plus dans ses veines ; son visage se couvrit d'une mortelle pâleur ; et, sans perdre connaissance, elle tomba dans les bras du prêtre, qui, malgré ses protestations secrètes, mais toujours vagues, l'excitait au repentir. « Zuma, lui dit Morvan, notre mort ne sera point douloureuse ; regarde ces tourbillons de fumée, nous serons étouffés dans un instant. — Oh ! reprit Zuma d'une voix éteinte, je ne vois que du feu.... que des flammes ! »

On apercevait le fatal bûcher. (Page 276.)

Cependant ils s'avançaient, et chaque pas, rap-
prochant Zuma de son dernier moment, aug-
mentait son invincible terreur. Déjà l'on voyait
distinctement les Indiens, mornes et consternés,
rangés autour du bûcher et tenant, en signe de
deuil, une branche de cyprès; la garde espagnole les environnait. Tout à coup on entend des
cris dans le lointain: un cavalier paraît, il accourt à toute bride, en criant : « Arrêtez, arrêtez,
la vice-reine l'ordonne, elle me suit. »

A ces mots, on s'arrête Zuma joint les mains,
implore le ciel; mais son âme, affaissée par la terreur, ne peut encore se rouvrir à l'espérance. Enfin,
on aperçoit le brancard de la vice-reine; ses por-
teurs, excités par elle, pressent leur marche; ils
ont bientôt atteint les malheureux époux, et
s'arrêtent près d'eux; la garde espagnole accourt,
se range autour de la vice-reine; les Indiens
se rapprochent, forment un demi-cercle vis-à-
vis d'elle; alors la vice-reine lève son voile, et
découvre un visage pâle, languissant, mais plein
de douceur et de charme. « Je n'ai pas, dit-elle,
l'heureux droit de faire grâce, mais je suis sûre
de l'obtenir de la bonté du vice-roi. En attendant, je prends sous ma protection et sous ma
garde ces deux infortunés; qu'on brise leurs
liens, qu'on éteigne cet affreux bûcher, qui n'au-

rait jamais été allumé si j'eusse été plus tôt instruite. »

A ces mots, tous les Indiens, jetant leurs branches de cyprès, firent retentir les airs des cris répétés de *vive la vice-reine!* Ximéo s'élança hors des rangs, en s'écriant : « Oui, elle vivra! » Zuma tomba à genoux : « Dieu tout-puissant, dit-elle, achève ton ouvrage! »

La vice-reine invita Mirvan et Zuma à la suivre, et, les ayant fait placer auprès de son brancard, elle retourna ainsi au palais, suivie d'une foule immense, qui bénit avec enthousiasme sa clémence et sa bonté. Dès qu'elle fut arrivée au palais, elle se remit au lit, et ordonna aux deux époux de se placer à son chevet. Le mouvement, la fatigue, l'émotion qu'elle venait d'éprouver, avaient tellement épuisé ses forces qu'elle crut toucher à ses derniers moments; elle tendit une main à Mirvan et donna l'autre à Zuma, qui la reçut à genoux et la mouilla de ses larmes.

Béatrix, ne pouvant supporter un tableau si déchirant, voulait que les deux Indiens fussent conduits et gardés dans la chambre voisine. « Non, non, dit la vice-reine; je réponds d'eux, et j'en réponds devant l'arbitre suprême, qui nous jugera tous! Laissez-les ici, ils vont m'ouvrir les portes du ciel! Grand Dieu, dit Béatrix, vous voir dans les bras des monstres qui vous ont empoisonnée! — Où pourrais-je être mieux dans cet instant? reprit la vice-reine. Je n'éprouverais sur le sein de l'amitié que des regrets superflus; mais ces mains tremblantes que je presse dans les miennes fortifient mon courage; la seule vue de ces infortunés répand dans mon âme le calme et la sécurité. — O ma bienfaitrice! dit Zuma, suffoquée par ses sanglots, si le ciel trahit ma dernière espérance, on verra si la malheureuse Zuma vous aimait! non, je ne pourrai vous survivre ! »

Ces paroles firent frémir Béatrix. « Détestable hypocrisie! s'écria-t-elle. — Ne les insultez point, interrompit la comtesse, ils se repentent; voyez couler leurs pleurs!... Zuma, poursuivit-elle, vous dont la figure touchante annonçait une âme céleste, vous que j'ai tant aimée, pourrais-je conserver contre vous le plus léger ressentiment? Je vous regarde l'un et l'autre comme les instruments de mon bonheur éternel; je vous pardonne de grand cœur: puissiez-vous revenir à la religion avec la même sincérité! »

Zuma, hors d'elle-même, allait parler, et peut-être révéler une partie du secret, qui lui pesait bien plus que lorsqu'elle n'avait eu que sa vie à défendre; mais Mirvan la prévint : « Zuma, lui dit-

il, gardons toujours le silence ; la voix de la vice-
reine fera descendre la vérité du ciel ; confions-
nous au Dieu qu'elle invoque ! il sauvera des jours
si précieux, et nous serons justifiés ! »

Ces mots furent prononcés d'un ton si vrai, d'un
air si solennel, que Béatrix même en fut frappée.
La vice-reine interrogea Mirvan, mais en vain ;
il la supplia de le dispenser de répondre, et pendant deux heures il garda un obstiné silence.

La vice-reine avait envoyé un courrier au
comte pour l'informer de ce qu'elle avait fait
et pour presser son retour ; surprise qu'il ne fût
pas encore arrivé, elle allait dépêcher un nouveau courrier, lorsqu'on entendit une rumeur extraordinaire dans les cours du palais, mais qui
n'annonçait que l'allégresse. Un instant après, la
comtesse distingua la voix du vice-roi ; elle fit
ouvrir la porte en criant : « Grâce, grâce pour les
coupables ! — Ils sont vos libérateurs ! » répondit
le vice-roi en entrant dans la chambre. Tout le
monde resta pétrifié. Le vice-roi tenait un jeune
enfant dans ses bras. Zuma pousse un cri de joie ;
c'était son fils. Le vice-roi s'élança vers elle, dé-
posa l'enfant sur son sein, et se prosterna à ses
pieds. Ximéo le suivait ; il s'approcha, et s'adressant à Mirvan : « Tu peux parler, lui dit-il ; du
consentement de tous les Indiens, le secret est

révélé ; nous avons tous pris de la poudre en présence du vice-roi ; il a voulu lui-même en prendre avant de l'apporter ici. »

A ces mots, Zuma transportée serre son enfant
dans ses bras, remercie le ciel ; Mirvan embrasse
son père ; la comtesse fait mille questions à la
fois ; le vice-roi prend la parole et conte rapidement tout ce que les Indiens lui avaient révélé.
« Grand Dieu ! s'écria la comtesse, en jetant ses
deux bras autour du cou de Zuma, cette angélique créature qui se sacrifiait pour moi, et l'on
allait l'immoler ! Quand elle faisait une action
aussi sublime que touchante, on l'accusait d'un
pareil crime ! — Et les terreurs de ce couple
héroïque pour les jours de leur enfant, ajouta le
vice-roi, leur ont fait supporter avec une invincible constance la honte, l'ignominie et l'aspect
d'une mort affreuse ! — Ah ! dit Zuma, la vice-
reine a fait davantage ! elle nous croyait des
monstres d'ingratitude et de scélératesse, les
auteurs de ses souffrances, et elle nous a protégés, délivrés, recueillis !... — Elle va recevoir,
ainsi que vous, reprit le vice-roi, le prix de tant
de vertus ; vous allez la guérir !... Voici deux
doses de la poudre bienfaisante, l'une pour Zuma,
l'autre pour la vice-reine. »

En disant ces paroles, le vice-roi verse lui-

même le quinquina dans deux coupes : Zuma but
la première, et la vice-reine voulut prendre de sa
main ce breuvage salutaire. Tout le monde fondit
en larmes; la vice-reine, ranimée déjà par la joie
et l'espérance, recevait avec ravissement les tendres embrassements de son époux, de Béatrix et
de l'heureuse Zuma; elle demanda l'enfant de
Zuma, lui prodigua les plus douces caresses, et
promit qu'elle serait désormais pour lui une
seconde mère.

Béatrix et toutes les dames espagnoles entou-
rèrent Zuma; on ne pouvait se lasser de la contempler, de l'admirer. Béatrix, avec un mouvement passionné, lui baisa la main, cette main
bienfaisante qu'elle avait accusée d'avoir commis
un crime. Au milieu de cet enthousiasme, le vice-
roi prit Mirvan et Zuma par la main, et les conduisant sur un balcon qui donnait sur une grande
rue remplie d'Espagnols et d'Indiens : « Voilà,
dit-il en montrant Mirvan et Zuma, voilà les victimes volontaires de la reconnaissance et de la
sainteté des serments! Indiens, leurs vertus sublimes et celles de la vice-reine vous ont fait
abjurer une haine jadis trop légitime, et maintenant injuste. Vous pouviez seuls, par une vo-
lonté unanime, vous dégager vous-mêmes du
vœu cruel formé par la vengeance, vous l'avez

fait; de nos ennemis secrets vous êtes devenus les
bienfaiteurs de l'ancien monde. Le soin de vous
rendre heureux n'est pas seulement pour nous
désormais un devoir d'humanité, c'en est un de
gratitude, il sera rempli. Indiens, vous tous qui,
dans cette assemblée mémorable, venez de sacrifier de fiers ressentiments à l'admiration et à la
douce pitié, Indiens, vous êtes libres; de tels
sentiments vous rendent dignes de devenir les
égaux de vos vainqueurs! jouissez de cette gloire,
c'est la vertu qui vous affranchit!... Aimez votre
souverain, soyez-lui fidèles : des terres vous seront distribuées, faites-y fleurir *l'arbre de la
santé;* en le cultivant, songez que c'est à vous
que l'univers tout entier va devoir ce bienfait du
Créateur. »

Cette allocution excita un enthousiasme uni-
versel, et le vice-roi, voulant terminer cette
journée par le triomphe de Zuma, la fit revêtir
d'une robe magnifique; on la plaça sur un palan-
quin richement orné, et toutes les dames de la
vice-reine, Béatrix à leur tête, se mirent à sa
suite; la garde d'honneur de la vice-reine l'accompagna; un héraut à cheval précédait ce cor-
tége en criant : « Voilà Zuma, l'épouse du vertueux Mirvan, et la libératrice de la vice-reine. »
Zuma, appuyée sur des coussins de drap d'or,

portait son enfant sur ses genoux, et tenait dans
sa main une branche de l'*arbre de la santé*. Elle
parcourut ainsi les principales rues de Lima, aux
acclamations de tout le peuple, qui se précipitait
en foule pour la voir et pour la combler de bénédictions. Lorsque Zuma revint au palais, on la
conduisit dans les bras de la vice-reine, et ensuite dans un bel appartement nouvellement préparé pour elle et pour son époux; ils y trouvèrent
des domestiques pour les servir, car ils devaient
être désormais traités comme les amis les plus
intimes et les plus chers de la vice-reine. Le soir
on illumina la ville et toutes les cours du palais,
et les jardins furent remplis de tables somptueu-
sement servies pour les Indiens.

La fièvre quitta tout à fait la vice-reine; au
bout de huit jours elle fut en pleine convale-
lescence. Dans la place même où l'on avait dressé
le fatal bûcher, le vice-roi fit élever un obélisque
de marbre blanc, sur lequel on lisait ces mots,
tracés en grosses lettres d'or :

A ZUMA,

AMIE, LIBÉRATRICE DE LA VICE-REINE,

ET BIENFAITRICE

DE L'ANCIEN MONDE.

Aux deux côtés de cet obélisque on planta un

arbre de la santé, cet arbre sanctifié par tant d'actions héroïques, et qui parmi les Indiens devint depuis le symbole de toutes les vertus qui honorent le plus l'humanité. Le vice-roi se pressa d'envoyer en Europe cette précieuse poudre, qui s'appela longtemps *la poudre de la comtesse*[1], et qui, en latin, garde encore son nom.

Les honneurs et la fortune n'enorgueillirent jamais la généreuse Zuma : toujours aimée avec passion de la vice-reine, elle fut toujours digne par ses vertus de sa gloire et de son bonheur.

1. Historique.

TABLE.

FIN DE LA TABLE.

PARIS. — IMPRIMERIE DE CH. LAHURE ET Cie
Rues de Fleurus, 9, et de l'Ouest, 21